ତୁମ ଅପେକ୍ଷାରେ

ସୋନାଲି ଗଡନାୟକ

ISBN 978-93-5610-527-0
© Sonali garnayak 2022
Published in India 2022 by Pencil

Contributors:
Editor: Soumya

A brand of
One Point Six Technologies Pvt. Ltd.
123, Building J2, Shram Seva Premises,
Wadala Truck Terminal, Wadala (E)
Mumbai 400037, Maharashtra, INDIA
E connect@thepencilapp.com
W www.thepencilapp.com

Author biography

ନିଜ କଳ୍ପନା କୁ ଯିଏ ରୂପ ଦେଇ ପାରେ, ସେ ହୁଏତ ଲେଖୁଥିବା ବା ଲେଖକ |କିନ୍ତୁ ମୋ ମନର କଳ୍ପନା ମୋତେ ଆଣି ଏତେ ବାଟରେ ପହଞ୍ଚେଇବବା, ତା ହୁଏତ ଏକ ଚମକ୍ରାର ଉପହାର ଦେଇଥିଲା ମୋ ଜୀବନ |ଏ ଶକ୍ତି ହୁଏତ ମୋ ମୋ କଲମରେ ପ୍ରେରିତ ଯାହା ନୂଆ ବୋହୂ, ହୃଦୟେ ମୋ ଜଗନ୍ନାଥ, ଉପାସନା ଭଳି ପୁସ୍ତକ ଉଦୟମାନ |ଏ ସବୁର ଜନ୍ମ ଖୋଲା ଆକାଶରେ ଉଡି ବୁଲୁଥିବା ଚୁଲବୁଲି ସମୟରେ, ହେଲେ ବର୍ତ୍ତମାନ ନାରୀ ଜନ୍ମର ଦ୍ୱିତୀୟ ପାହାଚରେ ଗୋଡ ଦେବା ପାରେ" ତୁମ ଅପେକ୍ଷାର "ଜନ୍ମ....

ହଁ ଅବଶ୍ୟ ପ୍ରତି ରାସ୍ତା ଅତିକ୍ରମ କରିବାକୁ ମୋ ସ୍ୱାମୀ ଏବଂ ମୋ ବୋଉ (ଶାଶୁ)ଶକ୍ତିର ପଛା ସାଜିଛନ୍ତି |ମୋ ପ୍ରତିଟି ବହିକୁ ବୋଉ ଉହ୍ସୁକତାର ସହ ପଢ଼ନ୍ତି, ମୋ ବହି ପ୍ରକାଶ ହେବା ରେ ପ୍ରଥମ ବହି ତାଙ୍କର ହିଁ ଦରକାର |ଆଜି ବି ଗୋଟେ କଥା ମନେ ଅଛି ଯେଉଁଦିନ ମୋ ଉପାସନା ପୁସ୍ତକ ପ୍ରକାଶିତ ହେବା ପାରେ ତାଙ୍କୁ ଦେଇଥିଲି ସେତେବେଲେ ସେ ମୋତେ କହିଥିଲେ ମୁଁ ୩ ଦିନ ଲାଗିପଡ଼ି ତୋ ବହି ପଢିସାରିଛି |ଏଇ ସ୍ନେହ ଓ ମମତା ହିଁ ମୋତେ ଆଗକୁ ଲେଖୁବାକୁ ପ୍ରେରଣା ଯୋଗାଏ

।ଏ ପୁସ୍ତକଟି ମଧ ଅନ୍ୟ ପୁସ୍ତକ ଭଳି ଲୋକପ୍ରିୟ ହେଉ,
ଏତିକ ହିଁ ବିନତି ଶ୍ରୀ ଛାମୁ ପାୟରେ ।

CONTENTS

Preface

The Open Minded ପେଜ୍ ଏବଂ ପେଜ୍ ର କ୍ରିଏଟର ସୁମୀତ ଭୂୟାଁ କୁ ବହୁତ ବହୁତ ଧନ୍ୟବାଦ, ଯିଏ ସବୁବେଳେ ମୋତେ ସାହାୟ୍ୟ କରିଛନ୍ତି।

Acknowledgements

ସମର୍ପଣ   ସ୍ନେହ   ଓ   ମମତା   ର   ଅଭୟଦାୟିନୀ   ମୋ
ପ୍ରତିଟି ମୁହୂର୍ତ୍ତର ବନ୍ଧୁ ବୋଉ (ଶାଶ୍ବ) ଙ୍କୁ ସମର୍ପଣ

ତୁମ ଅପେକ୍ଷାରେ

ଜୀବନର ପ୍ରତିଟି ପାହାଚରେ ଏକ ସଂଘର୍ଷର କାହାଣୀ ଉଦ୍‌ଭାବନ ହୁଏ । ତାହା ପାଇଁ କେତେ ରାତି ଆଖିରୁ ନିଦ ପେଟର ଭୋକ ଜଳିବାକୁ ହୁଏ ସେକଥା କେବଳ ସେହି ଜାଣେ ଯିଏ ତାହା ସହ ସାଲିସ କରି ନିଏ । ତାହା ଛଡା ବିନା ସଂଘର୍ଷର ଜୀବନକୁ ମନଭରି ଉପଭୋଗ କରିହୁଏନା । ଆଗରୁ ବି କଥା ଅଛି ମୂର୍ତ୍ତିକାର ମୂର୍ତ୍ତି ଗଢୁଥିବା ବେଳେ ଯଦି ପଥର ଚିତ୍କାର କରୁଥାନ୍ତା ତେବେ ସେ କେମିତି ଭଗବାନ ହୋଇ ମନ୍ଦିରରେ ପୂଜା ପାଇଥାନ୍ତା । ବିନା କଷ୍ଟ, ଯନ୍ତ୍ରଣାରେ ମଣିଷ କଣ ମଣିଷ ପରି ଗଢା ହୋଇପାରେ । ସ୍କୁଲ ବେଳରେ କିଛି କିଛି କବିତା ଲେଖି ଏବଂ ସେଇ କବିତା ସ୍କୁଲର ବର୍ଷିକିୟା ପୁତ୍ରିକାରେ ସ୍ଥାନପାଇବା ଦେଖି ଯାତ୍ରା ସମାପ୍ତି ସେଇଠି ସରିଥିଲା । ପ୍ରଥମେ ତ ମୋ ଲେଖା ପ୍ରକାଶ ପାଇବା ନ ଦେଖି ଅଭିମାନ କରି କହିଲେ ମୋ ସଂସ୍କୃତ ଗୁରୁମା ଽସୁରଶ୍ରୀ ରଣାଙ୍କ ଆଗରେ ଯେ ମୁଁ ଆଉ ଲେଖିବିନି । ସେଦିନ ସେ ମୋତେ ପାଖକୁ ଟାଣି କହିଥିଲେ ଲେଖେ ଆଗକୁ ଆହୁରି ଭଲ କରିବୁ ଏବଂ ତା ପରଦିନ ସେ ଲେଖାଟିକୁ ସଜାଡି ଦେଇ ପତ୍ରିକାରେ

ପ୍ରକାଶ କରିଥିଲେ । ସମୟର ଅଗ୍ରଗତି ଏବଂ ପାଠ ପଢ଼ାର ବେଢ଼ି ଏ ଦୁନିଆରୁ ସଂପୂର୍ଣ୍ଣ ଭାବରେ ମୋତେ ଅଲଗା କରିଦେଇଥିଲେ । ବିଜ୍ଞାନ କେବେ ସାହିତ୍ୟର ପାଚେରୀକୁ ଡେଇଁବାକୁ ଅନୁମତି ଦିଏନି ହେଲେ ଯେଉଁ ସାହିତ୍ୟ ଏ ଲେଖିକାର ପ୍ରତିଟି ରକ୍ତକଣିକାରେ ସଞ୍ଚରିତ ସେ କେମିତି ଦୂରେଇ ରହିପାରିବ । ଗ୍ରାଜୁଏସନର ଶେଷବର୍ଷ କଲେଜ ସରିବା ସରିବା ବେଳେ ଶେଷ ପରିକ୍ଷାକୁ ଆଉ ମାତ୍ର ତିନି ମାସ । ଏମିତି ପଞ୍ଚମ ସେମିଷ୍ଟାର ସମାପ୍ତ ପରେ କିଛି ସମୟ ବିଶ୍ରାମ ଭିତରେ ଟାଣି ହୋଇ ହୋଇ ଯାଇଥିଲି ସାହିତ୍ୟ ପାଖକୁ ଏବଂ ଭାବନାରେ ପ୍ରସ୍ଫୁଟିତ ହୋଇଥିଲା "ନୂଆବୋହୂ" । ନୂଆବୋହୂକୁ ନେଇ ପୁସ୍ତକ କରିବା ନିଶାରେ ଆରମ୍ଭ ହୋଇଥିଲା ପ୍ରତିଲିପିର ଯାତ୍ରା .... ଅନେକଙ୍କ ପାଖରେ ପରିଚିତ ହେବା ପରେ ପ୍ରଥମ ପୁସ୍ତକ ପ୍ରକାଶ ହୋଇଥିଲା ମୋ ଭାଇଙ୍କ ଜନ୍ମଦିନ ଅବସରେ । ସେହି ବିଜ୍ଞାନର ପାଠପଢ଼ା ଭିତରେ "ହୃଦୟ ମୋ ଜଗନ୍ନାଥ", "ଉପାସନା" କ୍ଷୁଦ୍ରଗଳ୍ପ ଏବଂ ଉପନ୍ୟାସର ପ୍ରକାଶନା ଆଉ କିଛି ସଂଘର୍ଷ ପରେ ଭାଗୀରଥ ଯୁବ ପ୍ରତିଭା ସମ୍ମାନରେ ସମ୍ମାନିତ ତା ପରେ ଧୀରେ ଧୀରେ ପାଦ ଆଗକୁ ବଢ଼ିବା ସହ "ହିନ୍ଦୁସ୍ଥାନ ଲେଖକ ପୁରସ୍କାର", "ଫ୍ରେମ ଇନ ଫେମ" ସମ୍ମାନରେ ସମ୍ମାନିତ କରଯାଇଥିଲା । ଶେଷରେ ସବୁ ପ୍ରତୀକ୍ଷାର ଅନ୍ତ ଘଟାଇ "ଇଣ୍ଡିଆ ବୁକ ଅଫ ରେକର୍ଡ"ରେ ମୋତେ ସ୍ଥାନ ମିଳିଥିଲା । ନିଜ ପାଠପଢ଼ା ଭିତରେ ଏ ସବୁକୁ ନେଇ ବଞ୍ଚିବାର ସ୍ୱାଦ କିଛି ଅଲଗା । ସରାଙ୍ଗ ସ୍ଥିତ ଇନ୍ଦିରା ଗାନ୍ଧୀ ବୈଷୟିକ

ମହାବିଦ୍ୟାଳୟରେ ଗଣିତ ସମ୍ମାନରେ ଏମ.ଏ.ସି କରିବା ସମୟରେ ପ୍ରଦିନ ସେ ବସର ଭିଡ ଭିତରେ ଠେଲି ପେଲି ହୋଇ ନିଜ ପାଇଁ ଯାଗାଟିଏ ଖୋଜିବା ବେଳେ ନିଜ ଗନ୍ତବ୍ୟର ସରଞ୍ଜନା ମନ ଭିତରେ ଭାସିଆସୁଥିବ । ଭାବନାରେ ସବୁ କଷ୍ଟ ଅପସରି ଯାଏ । ଏ ସବୁ କଷ୍ଟ ଭିତରେ ମୋ ହାତ ଭିଡି ଧରିଥାନ୍ତି ପ୍ରତିଥର ଆଗକୁ ଯିବାର ରାସ୍ତା ଦେଖେଇ ଦିଅନ୍ତି ଏବଂ ପ୍ରତିଥର ପାଦତଳମଳ ହେଲେ ଯିଏ ଅଭୟ ସାଜି ମୋ ମୁଣ୍ଡରେ ହାତ ରଖି ଦେଇଥାନ୍ତି ସିଏ ମୋ ବାପା । ପ୍ରଭୁ ଜଗନ୍ନାଥଙ୍କ ପାଦରେ ଏତିକି ବିନତି ନିଃଶ୍ୱାସର ଗତି ଯେ ପର୍ଯ୍ୟନ୍ତ ପ୍ରଖରିତ ଏ ସାହିତ୍ୟ ଯାତ୍ରା ସେତିକି ସୁଖରିତ ହେଉ ।

---------------✗--------------   ✗---------------

✗--------------   ✗---------------

ଆଜି କାହିଁକି କେଜାଣି ସମୟଟା ଶୀଘ୍ର ଶୀଘ୍ର ଚାଲୁନି । କେତେ ଆଉ ଅପେକ୍ଷା କରେଇବ ଯେ ? ଆଜିବି ଏ ଉଡାଜାହାଜ ତା ଗତି କ୍ଷିପ୍ର କରି ଆହୁରି ଦୁଇ ଘଣ୍ଟା ଦେରିରେ ଆସିବାର ଥିଲା ।

ବହୁତ ଦିନ ପରେ ତନୟା ସହର ଆମେରିକାରେ ନିଜ ଫେସନ ବୈଷୟିକ ପାଠ୍ୟ କ୍ରମରେ କୋର୍ସ ସମାପ୍ତ କରି ଆଜି ଓଡିଶା ଆସୁଛି । ଦୀର୍ଘ ୫ବର୍ଷର ପରିଶ୍ରମକୁ ସାକାର କରି କିଛି ନୂଆ ସ୍ୱପ୍ନ ଏବଂ ଆଶା ନେଇ ଫେରୁଛି ଓଡିଶା । ସେଥିପାଇଁ ଏତେ ବ୍ୟସ୍ତ ମନରେ

ଉଃକୃଷ୍ଣା ! ଛୋଟିଆ ମଧବିଉ ପରିବାରର ଝିଅଟିଏ ସେ କିନ୍ତୁ ପିଲାବେଳୁ ମେଧାବୀ ଛାତ୍ରଟିଏ ଥିଲା ହେଲେ ଆମେରିକା ଆସି ଟା ସ୍ୱପ୍ନ ପୂରଣ କରିବ ଏ ସବୁ ଭାବିନଥିଲା । ଏହା ମଧରେ ବାହାରକୁ ଯିବା ନିମନ୍ତେ କାର୍ଯ୍ୟକ୍ରମର ସମୟ ହୋଇଯାଇଛି । ସମସ୍ତ ନିୟମାବଳୀକୁ ଠିକ ଭାବରେ ପାଳନ କରି ବସିଥିଲା ଉଡ଼ାଜାହାଜରେ । ଉଡ଼ାଜାହାଜରେ ବସିବା ପୂର୍ବରୁ ଟିକିଏ ପଛକୁ ବୁଲି ଚାହିଁଥିଲା ଆମେରିକା ସହର ଏବଂ ଟା ସାଙ୍ଗ ଫ୍ରେଡକୁ ।

ଓକେ ଫ୍ରେଡ ବାୟେ, ସିୟୁ ଏଗେନ ।
ଓକେ ତନୟା, ପ୍ଲିଜ କମ ବ୍ୟାକ କୁୟିକିଲ ! ଆଇ ମିସ ୟୁ ।

         ଏ   ଉଡ଼ାଜାହାଜରେ   ବସିବା   ସମୟରେ, ଯେତେବେଳେ ଉଡ଼ିବାକୁ ଆରମ୍ଭ କରେ ତନୟାକୁ ବହୁତ ଡର ଲାଗେ । ହୁଏତ ଏହା ଭିତରେ ସେ ସେମିତି ସୁଯୋଗ ପାଇନି, ପ୍ରଥମେ ଉଡ଼ାଜାହାଜରେ ସେ ସେହିଦିନ ବସିଥିଲା ଯେଉଁ ଦିନ ପ୍ରଥମେ ଆମେରିକା ଯାଇଥିଲା । ଆଉ ଆଜି ଫେରିବା ସମୟରେ ! ସେଥିପାଇଁ ଜୋର କରି ବାନ୍ଧି ଦେଇଥିଲା ନିଜ ସିଟ ବେଲ୍ଟକୁ । ନିଜ ମାଟିକୁ ଫେରିବା ନେଇ ସେ ଯେତିକି ଖୁସିଥିଲା ସେତିକି

ଦୁଃଖୀ ଥିଲା ଫ୍ରେଡ୍‌କୁ ଛାଡ଼ି ଆସିଛି ବୋଲି , ତା ଶୁଖା ଶୁଖା ମୁହଁଟା ତା ଆଖି ସାମ୍ନାରେ ନାଚି ଉଠୁଛି । ଏ ଅଜଣା ସହର ଭିତରେ ସେ ହିଁ ତ ତାର ଏକମାତ୍ର ସାଥୀ ଥିଲା ଯିଏ କି ସବୁ ଅସୁବିଧା ସମୟରେ ତା ପାଖରେ ଆସି ଛିଡ଼ା ହୋଇଛି । ମନେ ପଡ଼ିଯାଇଥିଲା ତାର ସେହିଦିନର କଥା ପ୍ରଥମେ ଯେତେବେଳେ ଆମେରିକାର ଏୟାରପୋର୍ଟରୁ ଓହ୍ଲାଇ ଭୟାତୁର ଅବସ୍ଥାରେ ଆସି ଠିଆ ହୋଇଥାଏ । ଏତେ ବଡ ସହରରେ କୁଆଡେ ଯିବ, କୁଆଡେ ଯିବ ଅନୁମାନ କରି କରି ଆଖି ଲୁହରେ ଭିଜୁଥିଲା ସେତେବେଳେ ଦୂରରୁ ଫ୍ରେଡ୍ ତା ପାଖକୁ ଚାଲିଆସିଥିଲା । ଫ୍ରେଡ୍ ବୋଧେ ତନୟାକୁ ଦେଖି ଜାଣିପାରିଥିଲା ଇଏ ଜଣେ ଭାରତୀୟ ଏବଂ ପ୍ରଥମ ଥର ଆମେରିକା ଆସିଛି । ଫ୍ରେଡ୍ ତା ପାଖକୁ ଆସୁଥିବାର ଦେଖି ଭୟରେ ଦୌଡିବାକୁ ଲାଗିଥିଲା ତନୟା । ହେଲେ ଫ୍ରେଡ୍ ତା ହାତ ଧରି ଯେତେବେଳେ ଓଡ଼ିଆରେ କହିବାକୁ ଲାଗିଲା ତନୟା ମନରେ ସାହସ ସଞ୍ଚରିବାକୁ ଲାଗିଲା ।

ଆପଣ କେଉଁଠି କି ଯିବେ ?

ମୋର ଏଠି ହାଭାର୍ଡ ବିଶ୍ୱ ବିଦ୍ୟାଳୟରେ ଫେସନ ଡିଜାଇନ କୋର୍ସ କରିବାକୁ ଆସିଛି ।

ଆଛା, କେଉଁଠି ରହିବା ବ୍ୟବସ୍ଥା କରିଛନ୍ତି ?

ନା, କଲେଜ ହଷ୍ଟେଲ କୌଣସି ଖାଲି ନ ଥିଲା । ସେଥିପାଇଁ ରହିବାର ସୁବିଧା କରିନି ।

ତେବେ, ଚଳନ୍ତୁ ମୋ ସାଙ୍ଗରେ ।

କୁଆଡେ ?

ଆମ ଘରକୁ ।

ଆପଣଙ୍କ ଘରକୁ !

ହଁ, ଚିନ୍ତା କରନ୍ତୁନି । ମୁଁ ବି ଆପଣଙ୍କ ଭଳି ଓଡିଆ । ମୋ ନାଁ ଫ୍ରେଡ, ହେଲେ ଯେବେଠୁ ବାପା ଆସି ଏଠି ଚାକିରି କରିଛନ୍ତି ସେହିଦିନ ଠାରୁ ଆମେ ଆମେରିକାର ଅଧିବାସୀ ।

ହେଲେ ଆପଣଙ୍କ ନା ଟା ଆମେରିୟକଙ୍କ ନାମ ଭଳି କାହିଁକି ?

ଜନ୍ମ ଏ ଆମେରିକାରେ, ଏ ଦେଶର ଅଧିବାସୀ ବୋଲି ପଞ୍ଜୀକରଣ କରିସାରିଛୁ । ତେଣୁ ନାମକରଣ ବି ଆମେରିୟକଙ୍କ ଭଳି ।

ନା ଏଇଟା ଭୁଲ ! ଭାରତୀୟ ଯେଉଁଠି ରହିଲେ ବି ନିଜ ସଂସ୍କୃତିକୁ କେବେ ତ୍ୟାଗ କରିବା କଥା ନୁହେଁ । ଏଇ ରଙ୍ଗୀନ ସହରଟା ସେମିତି; ଏଠି ସବୁ କିଛି କିଣି ହୋଇଯାଏ ଏବଂ ସବୁ ବିକ୍ରି ହୋଇଯାଏ ।

ଏବେ ମୁଁ ପୁରା ବିଶ୍ୱାସ କଲି ଆପଣ ଜଣେ ଭାରତୀୟ ।

କେମିତି ?

ଏ ଯେଉଁ ଉଦାହରଣ ସହ ଆପଣ ବୁଝେଇଲ ସେ ଭାରତର ଦର୍ଶନ ଶାସ୍ତ୍ର ଏବଂ ଏହା କେବଳ ଭାରତୀୟ ରକ୍ତରେ ଅଛି ।

(ହୋ-ହୋ ହୋଇ ହସି ଉଠିଲେ ଦୁଇଜଣ)

ହେଲେ ଆପଣଙ୍କ ନାମ ଟା ?

ତନୟା! ତନୟା ଚୌଧୁରୀ । ମୁଁ ତ ପୁରା ଡରି ଯାଇଥିଲି । କେଉଁଠିକି ଯିବି କ'ଣ କରିବି ? ହେଲେ ମୋ ଗୋପାଲ ଆପଣଙ୍କୁ ମୋ ପାଖକୁ ପଠେଇ ଦେଲେ ।

ଆଛା, ସେଥିପାଇଁ ଲାଗୁଥିଲା ମୋତେ କିଏ ଶଧ କରୁଛି, ଯା ଜଣେ ଭାରତୀୟ ତମ ସାହାଯ୍ୟ ଅପେକ୍ଷାରେ । ଦୟାକରି ମୋ ଗୋପାଲ ସହ ଥଟ୍ଟା ନାହିଁ କହିଦେଉଛି ।

ଆଛା, କ୍ଷମା କରିବେ ହେଲେ ମୁଁ ଭଗବାନଙ୍କୁ ବିଶ୍ୱାସ କାରେନି, ଆମେ କେବଳ ଏଠି ଆମ କର୍ମ ଉପରେ ବିଶ୍ୱାସ କରୁ । ଭବିଷ୍ୟତରେ ଚିନ୍ତା ନ ଥାଏ କି ଗତକାଲିର ଅବଚେତନ ନଥାଏ ବର୍ତ୍ତମାନରେ ହିଁ ବଞ୍ଚିବାକୁ ବିଶ୍ୱାସ କରୁ । ଏଇ ଦେଖନ୍ତୁ ନା ଚାଲୁ ଚାଲୁ କେତେବେଲେ ଆମେ ଆସି ପହଞ୍ଚି ଯାଇଛେ ଆମ ଘର ପାଖରେ ।

ଓହୋ ସତରେ କେତେ ସୁନ୍ଦର । ଏଗୁଡିକ କେବଳ ମୁଁ ମୋ ଫଟୋ ଚିତ୍ରରେ ଦେଖିଥିଲି । ଆଜି ଆଖିରେ ସତ ସତିକା ଦେଖୁଛି । ଫ୍ରେଡ ଯାଇ ଘରର ବେଲ ବଜାଇଥିଲା ଏବଂ ଭିତରୁ ବାହାରି ଆସିଥିଲେ ଏକ ଗୋରା ତକ ତକ ସଫା ଝିଅ ଟିଏ ।

ଏତେ ସମୟ ଯାଏଁ କେଉଁଠି ଥିଲ ଫ୍ରେଡ ?
ବାଟରେ ଜଣେ ଭାରତୀୟ ସାଙ୍ଗ ଦେଖା ହୋଇଗଲା ତ
ଟିକିଏ ଡେରି ହୋଇଗଲା ।
ଭାରତୀୟ ସାଙ୍ଗ !
ହଁ, ମିବ୍ ମାଇଁ ଫ୍ରେଣ୍ଡ ତନୟା ଆଣ୍ଡ ତନୟା ସି ଇଜ୍
ମାଇଁ ମମ୍ ଇଲଜା ରଏ ।
ହ୍ୱାଟ! ସି ଇଜ ୟର ମମ୍ ।
ୟେସ। ମମ୍ ଏଇ ହେଉଛନ୍ତି ମୋ ଭାରତୀୟ ବନ୍ଧୁ
ୟିଏକି କିଛି ଦିନ ଆମ ଘରେ ରହିବେ ।
ଓକେ, ୱେଲ କମ୍ ଆଓ୍ୱାର ହୋମ୍ ।
ତନୟା ଚାଲ ମୁଁ ତୁମକୁ ତମ ରୁମ ଦେଖେଇ ଦେବି ।

(ଆଓ ଇଟସ୍ ମାଇଣ୍ଡ ବ୍ଲୋଇଙ୍ଗ)

ତମେ ଫ୍ରେସ ହୋଇ ତଳକୁ ଶୀଘ୍ର ଶୀଘ୍ର ତଳକୁ
ଖାଇବାକୁ ଚାଲିଆସ ।

ତନୟା ତଳକୁ ଓହ୍ଲାଇ ଦେଖିଲା ସମସ୍ତେ ଏକ ସହିତ
ଡାଇନିଂ ଟେବୁଲରେ ଖାଇବାକୁ ତାକୁ ଅପେକ୍ଷା କରିଛନ୍ତି
। ମନେ ମନେ ଖୁସି ବି ହେଉଥିଲା ଯାହା ହେଉ ଆଜି
ବି ଏ ଭାରତୀୟ ସଂସ୍କୃତି ଏମାନଙ୍କ ପାଖରେ ଜୀବିତ ।

ଆରେ ତନୟା ଆସ ସମସ୍ତେ ତୁମ ଅପେକ୍ଷାରେ ।

(ସମସ୍ତଙ୍କ ସହ ତନୟାର ପରିଚୟ କରେଇ ଦେଇଥିଲେ ଫ୍ରେଡ)

ବହୁତ ସମୟ ଧରି କଥାବାର୍ତ୍ତା ହୋଇବା ପରେ ସମସ୍ତେ ଉଠି ଚାଲିଯାଇଥିଲେ ନିଜ ନିଜ ରୁମକୁ । ତନୟାର ରୁମକୁ ଲାଗି ଫ୍ରେଡର ରୁମ । ଫ୍ରେଡ ତାକୁ ଡାକି କହିଲା ଯଦି କିଛି ଅସୁବିଧା ହୁଏ ତେବେ ମୋତେ ଜଣେଇବେ । ଆପଣ ବିନା ଦ୍ୱନ୍ଦରେ ଶୋଇପାରନ୍ତି । ଓକେ ଗୁଡ ନାଇଟ୍ ।

ଗୁଡ୍ ନାଇଟ ଆଣ୍ଡ ଥ୍ୟାଙ୍କ ୟୁ ।

ନୂଆ ଜାଗା ନୂଆ ଲୋକ ଏ ସବୁକୁ ନେଇ ଚଳିବା ଟିକିଏ କଷ୍ଟ ହେଉଥିଲା । ବାପା ମୋର ସେପଟେ ବ୍ୟସ୍ତ ହେଉଥିବେ ମୁଁ ଠିକରେ ପହଞ୍ଚିଲି କି ନାହିଁ, କ'ଣ କରୁଛି ? ହେଲେ କେମିତି କଥା ହେବି ବାପାଙ୍କ ସହିତ । ତାଙ୍କ ପାଖରେ ତ ଫୋନ ଖଣ୍ଡେ ନାହିଁ ଯାହା ଯାଇକି ଆନି ମାଉସୀ ଘରକୁ ଫୋନ କରି ବାପାଙ୍କୁ ଡାକିଦେବାକୁ କହିବାକୁ ପଡିବ । ତା ଛଡା ଏଇଠି ସିନା ରାତିର ଅନ୍ଧକାର ସେପଟେ ଓଡିଶାରେ ଦିନ ହୋଇଥିବ ଏବଂ

ବାପା ସାଇକେଲ ଦୋକାନକୁ ବାହାରି ଯାଇଥିବେ । ଏବେ ଥାଉ କାଲି ଫୋନ କରି କଥା ହୋଇଯିବା ।

ତା ବାପା ଏବଂ ବଡ ଭଉଣୀଙ୍କୁ ନେଇ ତା ପରିବାର, ପିଲାଟି ଦିନରୁ ବୋଉ ସେମାନଙ୍କୁ ଛାଡି ଆର ପାରିରେ । ଏ ଦୁଇ ଝିଅଙ୍କ ମୁହଁ ଦେଖି ଲୋକ ଯେତେ ବାଧ କଲେ ବି ଆଉ ହାତକୁ ଦି ହାତ ହୋଇନଥିଲେ । ଗାଁ ଠାରୁ ଅଳ୍ପ ଦୂରରେ ଛୋଟ ଦୋକାନଟିଏ ତା ବାପାଙ୍କର ବେଣୁ ମଉସା ସାଇକେଲ ଦୋକାନୀ କହିଲେ ଗାଁ ଗୋଟା ଯାକ ଲୋକ ଚିହ୍ନନ୍ତି । ସେହି ଦୋକାନରୁ ତେଲ ଲୁଣ ସଂସାର ଚଳୁଥିଲା । ହେଲେ ତନୟା ଯେତିକି ଯେତିକି ଉଚ ଶିକ୍ଷିତା ହୋଇ ହୋଇ ଯାଉଥିଲା ପଇସାର ଦରକାର ସେତିକି ପଡୁଥାଏ । ସେ ମେଧାବୀ ଛାତ୍ର ବୋଲି ତାକୁ ପଢେଇବାକୁ ଦିନ ରାତି ଏକ କରିଦେଇଥିଲେ ତା ବାପା ଏବଂ ବଡ ଭଉଣୀ ନୟନା। ନୟନା ଗାଁ ଲୋକଙ୍କ ସିଲେଇ କାମ କରୁଥିଲା ଆଉ ତା ବାପା ସକାଳେ ସାଇକେଲ ଦୋକାନ ଏବଂ ସଞ୍ଜବେଳେ ଏକ ଫ୍ୟାକ୍ଟିରିରେ ରହି କାମ କରୁଥିଲେ । ଏ କଷ୍ଟ ଆଉ କିଛି ଦିନ ଏଠୁ ସେ ପାଠ୍ୟକ୍ରମ ସରି ଯିବାପରେ ଯେଉଁଠି ହେଲେ ପ୍ରଥମେ ଆଗ ରହିବ ତାପରେ ତା ବଡ ଦିଦିକୁ ବାହାଘର କରିବ ଏବଂ ବାପାଙ୍କୁ ସବୁ ଖୁସି ଆଣି ଦେବ । ଏ ସବୁ ଭାବୁ ଭାବୁ କେତେବେଲେ ତା ଆଖି ଲାଗି ଯାଇଛି ଏବଂ ସକାଳ ଉଠିବା ବେଳକୁ ପ୍ରାୟ ନଥାଟା, ଦେଖିଲା ତା ବେଡ ପାଖରେ କେତେବେଲୁ ସେ

କଫି ତା ଅଛି କେଜାଣି ! ରହି ରହି ଥଣ୍ଡା ହୋଇଗଲାଣି ।

ଗୁଡ଼ ମର୍ଣିଂ ତନୟା । ଶୀଘ୍ର ଏ କଫିଟା ସାରିକି ପ୍ରସ୍ତୁତ ହୋଇଯାଅ ଆମେ ତମ କଲେଜ ରେଜିଷ୍ଟ୍ରେସନ ସହ ହଷ୍ଟେଲର ବ୍ୟବସ୍ଥା କରି ଆସିବା ।
ଓକେ, କେବଳ ୫ ମିନିଟ୍ ।
ତା ପରେ ଦୁହେଁ ଏକାଠି ବାହାରି ଯାଇଥିଲେ ହାଭାର୍ଟା ବିଶ୍ୱ ବିଦ୍ୟାଳୟ ଅଭିମୁଖେ । ଫ୍ରେଡ ଲାଗିପଡି ସମସ୍ତ ବ୍ୟବସ୍ଥା କରି ସାରିଥିଲେ ତନୟା ନିମନ୍ତେ । ତା ଜିନିଷ ପତ୍ର ସମସ୍ତ ନେଇ ହଷ୍ଟେଲର ଏକ ରୁମରେ ରଖିଦେଇ ଆସିଥିଲେ ।
ଓକେ ତନୟା, ମୁଁ ଏବେ ଆସୁଛି । ନିଜର ଧ୍ୟାନ ରଖିବ । ମଝିରେ ମଝିରେ ଆସିକି ମୁଁ ଦେଖାକରି ଯିବ ।
ଓକେ ! ଫ୍ରେଡ ।

ନୂଆ ନୂଆ ହଷ୍ଟେଲ, ହଷ୍ଟେଲର ସାଙ୍ଗ ସାଥୀ ସହ ଚାଲିବା ଟିକିଏ ଅସୁବିଧା ହେଉଥିଲା । ତାପରେ ଧୀରେ ଧୀରେ ନିଜକୁ ମିଶେଇ ନେଇଥିଲେ ସେ ପରିବେଶ ସହ ।
ଏଥର ହଷ୍ଟେଜ ଡାକରେ ଭାଙ୍ଗିଯାଇଥିଲା ଧ୍ୟାନ , କିଛି ଦରକାର ଅଛି କି ମ୍ୟାମ ପଚାରିଥିଲେ । କିଛି

ଦରକାର ନାହିଁ ବୋଲି କହି ପୁଣି ଥରେ ଆଖି ବନ୍ଦ କରି ଶୋଇପଡ଼ିଥିଲେ । ଏ ପୁରା ଉଡ଼ାଜାହାଜରେ ଏବେ ଗୋଟେ ରାତି ତାକୁ କାଟିବାକୁ ପଡ଼ିବ । ତା ପରଦିନ ଯାଇ ସକାଳେ ସେ ଯାଇ ବାଙ୍ଗାଲୋରରେ ପହଞ୍ଚିବା । ତାପରେ ବାଙ୍ଗାଲୋର ଗୋଟେ ଦିନ ରହି ଅଳ୍ପ କିଛି ସମୟ ବୁଲାବୁଲି କରି ସେଦିନ ସନ୍ଧ୍ୟାରେ ଭୁବନେଶ୍ୱର, ଭୁବନେଶ୍ୱର ତ ନୁହଁ ତା ଓଡ଼ିଶା ମାଟି ! ତା ଯୋଜନା ଅନୁଯାୟୀ ସବୁକିଛି ହେଲା ସେ ବାଙ୍ଗାଲୋର ଯାଇ ପହଞ୍ଚିଲା ତାକୁ ସେଠି ଅପେକ୍ଷା କରିଥାଏ ତା ପିଲା ବେଳର ସାଙ୍ଗ ଶ୍ୱେତାଲିନ । ଗାଁରେ ଥିଲା ବେଳେ ଦୁହେଁ ଏକାଠି ଗୋଟିଏ ସ୍କୁଲରେ ରହି ପାଠ ପଢ଼ୁଥିଲେ, ଶ୍ୱେତାଲିନ ବାପାଙ୍କର ଚାକିରି ବଦଲି ପରେ ସେ ଚାଲିଯାଇଥିଲା ଭୁବନେଶ୍ୱର, କିନ୍ତୁ ଭାଙ୍ଗିନଥିଲା ସେମାନ ଦୁହେଁଙ୍କ ସମ୍ପର୍କ । ଭଲ ମନ୍ଦ, ସୁଖ ଦୁଃଖରେ ଦୁହେଁ ଦୁହେଁଙ୍କ ପାଖକୁ ଚାଲି ଆସୁଥିଲେ । ଶ୍ୱେତାଲିନ ଆସିଲା ବେଳେ ସାଙ୍ଗରେ କେତେ ପ୍ରକାର ମିଠା, ଖେଳନା, ନୂଆ ଡ୍ରେସ ନେଇ ଆସିଥାଏ ଦୁହେଁ ମିଶି ସବୁ ଜିନିଷ ବାଣ୍ଟି ନେଉଥାନ୍ତି । ଏପରିକି ତନୟା ବାପା ମଧ ଶ୍ୱେତାଲିନ ଯିବା ବେଳେ ବାଡ଼ିରୁ ସବୁ ପରିବା, ତେଲ, ଲୁଣ ସବୁ ଭରିକି ଦେଇଥାନ୍ତି । ସମୟର ଗତି ସହ ଶ୍ୱେତାଲିନ କମ୍ପ୍ୟୁଟର ଯନ୍ତ୍ରୀ ଭାବରେ ବାଙ୍ଗାଲୋରରେ ଚାକିରି ଏବଂ ତନୟା ନିଜ ପାଠ ସମାପ୍ତ ନିମନ୍ତେ ଆମେରିକା । ଏ ପାଞ୍ଚ ବର୍ଷର ବ୍ୟବଧାନ ଭିତରେ କେହି କାହାକୁ ଦେଖିନାହାନ୍ତି । ଆଜି କିନ୍ତୁ ଦୁଇ ସାଙ୍ଗର ମିଳନରେ

ଅଲଗା ଅନୁଭୂତି । ଦୂରୁ ସେ ଚିହ୍ନି ନେଇଥିଲା ତା ଶ୍ୱେତାକୁ, ଶ୍ୱେତା ବି ତାକୁ ଦେଖି ଦୌଡ଼ି ଦୌଡ଼ି ଆସୁଛି ଦୂରୁ । ତା ପରେ ମିଳନର ସେ ପର୍ବ ଏବଂ ଅଶ୍ରୁର ଆଗମନ ।

ଏତେ ବର୍ଷ ପରେ ବି ତୁ ଜମାରୁ ବଦଳିନୁ ।
    ତୁ ବି ଆମେରିକା ଯାଇ କେଉଁ ବଦଳିଯାଇଛୁ କି ?
ଯେମିତି ଧେଡ଼କୁ ସେହି ଧେଡ଼ । ହଉ ବାହାରେ ଟ୍ୟାକ୍ସି ଅପେକ୍ଷାରେ ଅଛି । ଶୀଘ୍ର ବାହାରିଯିବା ।
    ଓକେ, ଚାଲ ।

    ବାଙ୍ଗାଲୋରରେ ତା କମ୍ପାନୀ ଠାରୁ ଅଳ୍ପ ଦୂରର ଏକ ବିଶାଳକାୟ ଘର ଭଡ଼ା ନେଇ ରହୁଛି ଶ୍ୱେତା । ଏକା ଏକା ଏତେ ବଡ଼ ଘରେ ରହିବାକୁ ଭଲ ଲାଗୁନି ବୋଲି ତା ବାପା ମାଆ ଙ୍କୁ ଗାଁରୁ ଆସିବାକୁ କହିଥିଲା ହେଲେ ଗାଁ ଛାଡ଼ି ସହରରେ ରହିବାକୁ ଅମଙ୍ଗ ସେମାନେ । ଟ୍ୟାକ୍ସିରେ ଆସି ପହଞ୍ଚିଲେ ଦୁହେଁ ଘର ସାମନାରେ, ଶ୍ୱେତା ତା ଚାବି ଖୋଲି ଭିତରକୁ ପଶିଲା । ପୁରା ଘର ଇଆଡ଼େ ସିଆଡ଼େ ହୋଇ ପଡ଼ିଛି ।

ତୁ କେବେ ବଦଳିବୁନି ନା ଶ୍ୱେତା ।

କ'ଣ ହେଲା କି ?
ଏ ଘରର ଅବସ୍ଥା ଦେଖ ।
କମନ ୟାର, ଅଫିସରୁ ଚାଇମ ନାହିଁ ଏ ସବୁ
ସଜାଡ଼ିବାକୁ । ତୁ ଛାଡ଼ ନା ପ୍ରଥମେ ଜିନିଷ ଗୁଡ଼ାକ ରଖ
ଗାଧୋଇବାକୁ ଯାଆ ।
ତୁ ଆଗ ଯା । ମୋର ଜିନିଷ ଗୁଡ଼ାକ କାଢ଼ିବାକୁ ଟିକିଏ
ସମୟ ଲାଗିବ ।
ଠିକ ଅଛି ।

ୟା ଭିତରେ ଶ୍ୱେତା ବାଥରୁମରୁ ବାହାରି ଦେଖିଲା ।
ସବୁଦିନ ଅସଜଡ଼ା ହୋଇଥିବା ରୁମଟା ଆଜି କେମିତି
ଜୀବନ୍ତ ହୋଇ ଉଠିଛି ।

ଲୁକିଙ୍ଗ ନାଇସ ୟାର, ୟୁ ଆର ଗ୍ରେଟ ତନୁ ।
ଥାଉ ସେତିକି, ଏଣିକି ସବୁଦିନ ଜିନିଷ ଗୁଡ଼ାକ ଏମିତି
ସଜେଇ ରଖିବୁ ।
ଜୋ ହୁକୁମ ମେରି ଆକା ।
ଏବେ ଆଉ ରୋଷେଇ କରିହେବନି, ମୁଁ ମଗେଇ ଦେଉଛି
।
ନା ତାର ଆବଶ୍ୟକତା ନାହିଁ , ମୁଁ ଗାଧୋଇକି ଆସେ
ତାପରେ ପ୍ରସ୍ତୁତ କରିଦେବି ।

ତେବେ ତା ଭିତରେ ମୁଁ ବଜାରରୁ ମାଛ ଏବଂ କିଛି ପାରିବା ନେଇ ଆସୁଛି ।

ତନୟା ତା ନିଜ ହାତରେ ଅନପୂର୍ଣ୍ଣା ପରି ରାନ୍ଧିଦେଇଥିଲା ଭଲିକି ଭଲି ତରକାରୀ, ମାଛ ବେସର ଝୋଳ, ପୋଟଳ କଷା, ଦହି ବାଇଗଣ, ବାଇଗଣ ଭର୍ତ୍ତା ଏମିତି ଅନେକ କିଛି ।
ସତରେ ଯାହା କହ ସାଙ୍ଗ ତୋ ହାତରଣ୍ଡା ଖାଇବା ଖାଇକି ଆଜି ପାଟିର ଅରୁଚି ଛାଡିଗଲା । ଏ ହୋଟେଲର ଖାଇବା ଗୁଡାକ ଖାଇ ଖାଇ ପାଟିର ସ୍ୱାଦ ଚାଲିଯାଇଥିଲା ।

ସେତିକି ଥାଉ ପ୍ରଶଂସା ଶୀଘ୍ର ଶୀଘ୍ର ସାରନ୍ତୁ ମ୍ୟାମ ।
ସେପଟେ ପୁଣି ବିମାନ ବନ୍ଦର ପାଇଁ ବାହାରିବାକୁ ପଡିବ, ବାଟରେ ପୁଣି ଟ୍ରାଫିକ ।
ଆଜି ଦିନଟା ରହିଗଲେ ହେବନି, ଏଇ ଏବେ ତ ଆସିଛୁ ପୁଣି ଚାଲିଯିବାକୁ କହୁଛୁ ।
ଟିକେଟ ତ ପକ୍କା ହୋଇସାରିଛି । ତା ଛଡା ଦୀର୍ଘ ୫ ବର୍ଷ ପରେ ବାପାଙ୍କୁ ଆଉ ଦିଦିକୁ ଦେଖିବି ବୋଲି ମନ ଭିତରେ ଏକ ଅଜଣା ଖୁସି । ଆଉ ଦିନେ ସୁବିଧା ଦେଖି ଆସି ତୋ ପାଖରେ ରହିକି ଜୀବି ।
ଯେମିତି ତ ଖୁସି !

(ଦୁହେଁ ଘରର କିଛି କାମ ସାରି ବାହାରି ଯାଇଥିଲେ ବିମାନବନ୍ଦର ଅଭିମୁଖେ ସଂଖ୍ୟା ୭.୩୦ରେ ଭୁବନେଶ୍ୱର ଅଭିମୁଖେ ତନୟାର ବିମାନ । ବିମାନରେ ବସି ସାରିବା ପରେ କେବଳ ଅପେକ୍ଷା କରିଥାଏ କେତେବେଳେ ଯାଇ ପହଞ୍ଜିବ ତା ଓଡ଼ିଶା ମାଟିରେ । ଆଉ ମାତ୍ର ୬ ଘଣ୍ଟାର ଯାତ୍ରା , ତାପରେ ଅନୁଭବ କରିପାରିବ ଓଡ଼ିଶା ମାଟିର ବାସ୍ନା, ପବନ, ପାଣି । ତା ଛଡ଼ା ପାଞ୍ଚ ବର୍ଷ ପୂର୍ବରୁ ଏ ଓଡ଼ିଶା ମାଟିରେ ତା ହୃଦୟଟା ତାଲା ପକେଇ ଦେଇ ଚାବିଟା ଛାଡ଼ି ଦେଇ ଆସିଛି ଆରୁନ ପାଖରେ । ଆମେରିକା ଯିବା ନିଜ ସ୍ୱପ୍ନାକୁ ପୂର୍ଣ୍ଣ ଆକାର ଦେବା କେବଳ ସେ ଆରୁନଙ୍କ ପାଇଁ । ସେଦିନ ଯଦି ତାଙ୍କ ମା ଏହି ସର୍ତ୍ତଟି ରଖ୍ ନ ଥାନ୍ତେ ତେବେ ଏକଜିଦ ହୋଇ କେବେ ସେ ଆସିନଥାନ୍ତା । କେବଳ ଆଉ ଗୋଟିଏ ମାତ୍ର ପାଦ ବାକି , ତାପରେ ସବୁଦିନ ପାଇଁ ଆରୁନକୁ କେବଳ ନିଜର କରିନେବ ।

(୨)

- ବାପା, ତନୟାର ଆସିବା ବେଳ ହୋଇଗଲାଣି, ତାକୁ ଆଣିବାକୁ କାହାକୁ ପଠେଇଛ କି ନାହିଁ
  ? (ନୟନା କହୁଥାଏ)

- ହଁ, ଅର୍ଜୁନ କୁ ପଠାଇଛି । ସେ ଆମ ଗାଁ ରତି ନାନୀ ପୁଅର କାର ନେଇ ଯାଇଛି ।

ଅର୍ଜୁନ ହେଉଛି ତନୟା ଘରର ଜଣେ ଦେଖାରେଖୋ କରୁଥିବା ଲୋକ, ଥରେ କେଉଁଠି ଆସି ବେଣୁ ମଉସା

ସାଇକେଲ ଦୋକାନ ଭଡଭାଡ ହୋଇ ଖସି ପଡିଥିଲା । ହା ହା କରି ଚାଲିଆସିଥିଲେ ବେଣୁ ମଉସା ତା ପାଖକୁ, ତାକୁ ଉଠାଇଆଣି ତା ମୁହଁରେ ପାଣି ଛିଞ୍ଚି ଚେତା କରାଇଥିଲେ । ବେଣୁ ମଉସା ତାକୁ ଯେତେ ଯାହା ପଚାରିଲେ କୌଣସି ଉତ୍ତର ଦେଇନଥିଲା ବରଂ ଭୟରେ ଥରୁଥିଲା ଚାରିପାଖ ଯାକ ଲୋକ ଭିଡ ଦେଖି । ବେଣୁ ମଉସା ଜାଣିପାରି ଗହଲି ଖାଲି କରିଦେଇଥିଲେ ତାଙ୍କ ଦୋକାନରୁ , ପ୍ରଥମେ ତାକୁ ପାଣି ଗିଲାସରେ ଦେଇ କିଛି ସମୟ ବସିବାକୁ କହିଲେ । ତାପରେ ପଚାରିଥିଲେ କିଛି ଖାଇଛୁ ? ସେ କାନ୍ଦୁରା କାନ୍ଦୁରା ହୋଇ କହିଲା 'ନା' ଆଜ୍ଞା ଚାରିଦିନ ହେଲା କିଛି ଖାଇନି । ବେଣୁ ମଉସା ଯାଇ ପାଖ ଦୋକାନରୁ ତା ପାଇଁ କିଛି ବ୍ରେଡ ଏବଂ କପେ ଚାହା ନେଇ ଆସିଥିଲେ । ସେ ସେମିତି ଖାଇବା ଗୁଡାକ ହାତରେ ଧରି ବସିଥାଏ ।

ଆରେ ଖାଉନୁ ଯେ, ଧରିବସିଛୁ ? କ'ଣ ଭାବୁଛୁ ?
ନାହିଁ ଆଜ୍ଞା, ମୋ ସ୍ତ୍ରୀକୁ ଅପେକ୍ଷା କରିଛି ।
ସ୍ତ୍ରୀ !
ହଁ ଆଜ୍ଞା, ଏଇ ପାଖକୁ ଯାଇଛି କାଲେ କିଛି ଖାଇବା ଯୋଗାଡ ହୋଇଗଲେ ଦୁହେଁ ପେଟରେ ମୁଠାଏ ଦାନା ଦେଇପାରିବୁ ।

ସେହି ସମୟରେ ଧୂଳିଆ ମଳିଆ ଲୁଗା ପିନ୍ଧିବା ସ୍ତ୍ରୀ ଲୋକଟିଏ ଆସି ଛିଡା ହୋଇଥିଲା ତମେ ଏଠି ବସିଛ ? ଆଜି କିଛି ବି ଖାଦ୍ୟ ଯୋଗାଡ ହୋଇପାରିଲାଣି ।

ଅର୍ଜୁନ ତା ସ୍ତ୍ରୀ ହାତକୁ ଟାଣି ଆଣି କହିଲା କାଦମ୍ବିନୀ ଦେଖ, ଆମ ଖାଦ୍ୟ ଯୋଗାଡ ହୋଇଯାଇଛି ।

ହେଲେ, କେଉଁଠୁ ?

ଏଇ ବାବୁ ଆମକୁ ସାହାର୍ଯ୍ୟ କରିଛନ୍ତି । କାଦମ୍ବିନୀ ସଙ୍ଗେ ସଙ୍ଗେ ଯାଇ ବେଣୁ ମଉସାର ଗୋଡ ଧରି ନେହୁରା ହୋଇଲା । ବାବୁ ଆମକୁ ଆପଣଙ୍କ ପାଖରେ ଯାଗା ଖଣ୍ଡେ ଦିଅନ୍ତୁ , ନହେଲେ ଆମେ ଦି ପ୍ରାଣୀ ମରିଯିବୁ ।

ହେଲେ, ଏଇ ଅଳ୍ପ ଦରମାରେ ଆମେ ତିନି ପ୍ରାଣୀ କୁଟୁମ୍ବ ଚଳିବାକୁ କଷ୍ଟ, ସେଥିରେ ତମ ଦୁହିଙ୍କ ଭାର ?

ନା ବାବୁ ଆମେ ଦୁହେଁ ପ୍ରାଣ ପଣେ ଖଟିବୁ । ମୁଁ ଘରେ ସବୁ କାମ କରିଦେବି । ଆପଣ ଯାହା ଫିଙ୍ଗି ଫୋପାଡି ଦେବେ ତାକୁ ଖାଇ ବଞ୍ଚିବୁ । ଟିକିଏ ଦୟା କରନ୍ତୁ ବାବୁ ।

ହଉ ହେଲା ଯିବ ମୋ ସହ ରହିବ, ପ୍ରଥମେ ତମେ ଦୁହେଁ ଆଗ ଖାଇନିଅ . ...

ସେହିଦିନଠୁ ଅର୍ଜୁନ ଏବଂ କାଦମ୍ବିନୀ ତନୟାଙ୍କ ଘରର ସଦସ୍ୟ । ସେମାନଙ୍କର ପିଲା ଛୁଆ ନଥିବାରୁ ତନୟା ଓ ନୟନାଙ୍କୁ ନିଜ ଛୁଆ ଭାବି ବହୁତ ଗେଲ କରନ୍ତି ଏବଂ ତନୟା ଏବଂ ନୟନା ମଧ ସେମାନେ ଦୁହେଁଙ୍କୁ ମଉସା ଓ ମାଉସୀ କହି ବହୁତ ସମ୍ମାନ କରନ୍ତି । କାଦମ୍ବିନୀ ଘରର ସମସ୍ତ ଦାୟିତ୍ୱ ନେବା ସହ ଦୁଇ ଛୁଆଙ୍କର ଭଲମନ୍ଦ ବି ତଦାରଖ କରିନିଅନ୍ତି । ଅର୍ଜୁନ ମଉସା ବାହାର ସବୁ କାମ କରିନିଅନ୍ତି ସେଥିପାଇଁ ତନୟା ବାପାଙ୍କ ଉପରେ କୌଣସି ଭାର ରୁହେନି । ଆଜି ତନୟା ଆସିବ ଶୁଣି ସାଉସୀ ସକାଳୁ ଉଠି ଘର କାମ ସାରି ତା ମନ ପସନ୍ଦର ରୋଷେଇ ସବୁ କରିଛନ୍ତି ଏବଂ ତା ରୋଷେଇ ବାସ୍ନା ପୁରା ସାହି ବାସିଯାଉଥିଲା ।

ଆଲୋ ନୟନା ତୋ ମଉସାକୁ ଫୋନ କର, କେତେବେଳେ ଆସି ପହଞ୍ଚିବେ ?

ଓହୋ ! ବ୍ୟସ୍ତ ହୁଅନି ମଉସା ଯାଇଛନ୍ତି ମାନେ ଠିକ ସମୟରେ ନେଇ ଆସି ପହଞ୍ଚିବେ ।

ନାଇ ଯେ, ତୋ ମଉସାଙ୍କୁ ଜାଣିନୁ ଭୋଳା ଲୋକ, ଛୁଆ ମୋର ଆସି ତାଙ୍କୁ ଖୋଜୁଥିବ, ସେ କେଉଁଠି ଗପ ଜମେଇଥିବେ ।

ତମେ ମୋଟେବ୍ୟସ୍ତ ହୁଅନି ସେମାନେ ଠିକରେ ଆସି ପହଞ୍ଚିଯିବେ । ତମେ ସକାଳୁ ପହରୁ କାମରେ ଲାଗିଛ ଯେ ଲାଗିଛ , ବାକି କାମ ଯାହା ଅଛି ମୁଁ କରିଦେବି

ତମେ ଟିକିଏ ଗଡ଼ି ପଡ଼ ତନୟା ଆସିଲେ ଉଠିବ ।
ତୁ ଜାଣିନୁ କି ! ମୋତେ କ'ଣ ନିଦ ହେବ କି ।
ଝୁଆଟା ମୋର ୫ ବର୍ଷ ପରେ ଫେରୁଛି । ଆଖି
ପୁରାଇ ଟିକିଏ ନ ଦେଖିଲେ ଏ ନିଆଁ ଲଗା ମନଟା
ଶାନ୍ତ ହେବନି ।
ହଉ ଲୋ........ ମୋ ମାଉସୀ, ତମ ଇଚ୍ଛା ।

(ବିମାନ ବନ୍ଦରର ଦୃଶ୍ୟ)
ତନୟା ବିମାନବନ୍ଦରରୁ ବାହାରି ଆସି ଦେଖିଲା ଘର
ଲୋକ କେହି ଦେଖା ଯାଉନାହାନ୍ତି । ବାପା କାହାକୁ
ପଠେଇନାହାନ୍ତି ବୋଧେ ?
ପଛଆଡ଼ୁ ଏକ ସ୍ୱର ଶୁଣା ଗଲା "ମା" ତନୟା ।

ଅର୍ଜୁନ ମଉସା, ମଉସା ନମସ୍କାର କହି ପାଦ ଛୁଇଁଲା ।
ତୁ ଜମାରୁ ଏ ପାଞ୍ଚ ବର୍ଷ ଭିତରେ ବଦଳିନୁ ସେହି ମୁହଁ,
ସେହି ଆଖି, ସେହି ଚେହେରା ଏବଂ ସେ ସଂସ୍କାର ।
ଆପଣ କିନ୍ତୁ ମଉସା ଟିକିଏ ମୋଟା ହୋଇ ଯାଇଛନ୍ତି ।
ହା.........ହା.......ହା.......
ଚାଲ ଶୀଘ୍ର ଯିବା ନ ହେଲେ ତ ମାଉସୀ ସେପଟେ
ମୋତେ ଉଚ୍ଛନ୍ନ କରିପକେଇବ ।
ମାଉସୀ ବି ନା ଆଉ ବଦଳିବନି ।

ଶେଷରେ ଏ ଓଡ଼ିଶା ମାଟିର ବାସ୍ନା, ଓଡ଼ିଶା ପବନରେ ଖୋଲା ନିଶ୍ୱାସ ମନରେ ଅନ୍ୟ ଏକ ଶିହରଣ । ରାସ୍ତା ସାରା ଅନୁଭବ କରି ଚାଲି ଥାଏ ପ୍ରତିଟି ଦୃଶ୍ୟକୁ ବେଶ ଆନନ୍ଦ ବି ମିଳୁଥାଏ ତାକୁ ।

ମାରେ ଭଲ ଅଚ୍ଛୁ, ତୋ ଦେହ ଭଲ ଅଛି ?
ହଁ ମଉସା, ଘରେ ସମସ୍ତେ ଭଲ ଅଛନ୍ତି ?
ଗଲେ ତୁ ଆପେ ଆପେ ଜାଣିଯିବୁନି । ସମସ୍ତେ ତୋର ବାଟକୁ ଚାହିଁ ବସିଛନ୍ତି ।

ଓହୋ ! ବେଲ ଆସି ମୁଣ୍ଡ ଉପରେ କୁଆଡେ ଗଲେ ତୋ ମଉସା ? ଏ ଲୋକଟାକୁ ଆଉ ପାରିହେବନି ।
ତମେ ମିଛରେ ବ୍ୟସ୍ତ ହେଉଛ ସେମାନେ ଆସୁଥିବେ ।
ତମେ ବିନା କାଦମ୍ବିନୀ, ଦୀର୍ଘ ୫ ବର୍ଷ କେମିତି ଆଖିରୁ ଦୂର କରିଥିଲ ? (ତନୟାର ବାପା)
ସେ କଥା କେବଲ ମୁଁ ଜାଣେ ବାବୁ, ୫ ବର୍ଷର ଅପେକ୍ଷା ପରେ ଆଉ ଗୋଟାଏ ମୁହୂର୍ତ ଅପେକ୍ଷା କରିବାକୁ ଇଚ୍ଛା ହେଉନି ।
ବ୍ୟସ୍ତ ହୁଅନି, ସେମାନେ ଆସି ପହଞ୍ଚିଯିବେ ।

(ଗାଡ଼ିର ହର୍ଣ୍ଣ ପେଁ........ପେଁ.........)

ହେଇ ତ ସେମାନେ ଆସିଗଲେଣି । ତମେ ବିନା ମାଉସୀ !

ତନୟା ଉଦବେଗର ସହ ଧାଇଁ ଧାଇଁ ଆସୁଥିବା ବେଳେ ଏ ରହ ରହ ! ଆଗେ ମୁଁ ନଜର ଉତାରି ସାରେ । ୫ବର୍ଷ ଭିତରେ କେତେ ପିଶାଚ ନଜର ମୋ ଛୁଆ ଉପରେ ପଡ଼ିଥିବ ।

ମାଉସୀ !

ରହ ଚୁପ କରି ଠିଆ ହଅ ସେଇଠି ।

ମାନି ଯା ‘ମା’ ତୋ ମାଉସିକୁ ଆଜିଯାଏଁ କିଏ ବୁଝେଇଛି ନା ବୁଝେଇବ ।

କିଛି ଶୁଖ଼ା ଲଙ୍କା ନେଇ ତନୟା ଚାରିପଟେ ବୁଲାଇ ତାଙ୍କୁ ଗ୍ୟାସରେ ନିଆଁ ଲଗାଇ ପୋଡ଼ିଦେଇଥିଲେ ।

ସମସ୍ତ ଭେଟ ପରେ, ଏକ ପୂର୍ଣ୍ଣ ପରିବାରର ଆକଳନ କରି ଫୋଟ ନିଆଗଲା ।

ଥାଉ ସେତିକି ତମ ଫୋଟ । ଛୁଆଟା ମୋର ଏତେ ବାଟରୁ ଆସିଛି ପେଟରେ ନିଆଁ ଲାଗିବଣି । ଗୋଡ ହାତ ଧୁଆ ଧୋଇ ହୋଇ ସମସ୍ତେ ଖାଇବ ଆସ ।

ବୁଝିଲି ତନୟା, ତୁ ବଡ ଭାଗ୍ୟବାନ, ତୋ ଆସିବା ଖୁସିରେ ମାଉସୀ ଗୋଲାପ ଜାମୁନ ତିଆରି କରିଛି, ଆଉ ଆମ ବେଲକୁ ଶୁଖା ପାଙ୍ଖଡ ।

ହଁ ଥାଉ ସେତିକି ନିନ୍ଦା କର ।

ନା ନା ମାଉସୀ ଆଉ ଖାଇବିନି ସେତିକି ଥାଉ ।

ଖା ବଲେଇ ବଲେଇ । ଦେହଟା ଅଧା କିଛି ନାହିଁ ପୁରା ଝଡି ଯାଇଛୁ । ଖାଲି ତ ସବୁବେଳେ ପାଠ ପାଠ ହେଲା ଖାଇବ କେତେବେଳେ ?

ଓହୋ ! ମାଉସୀ ଆଜି ପେଟଟାକୁ ଫଟେଇ କି ରହିବ ଯାହା ଲାଗିଲାଣି ।

ଖାଇବା ଅଧା ସରିନି ୟା ପେଟ ଫାଟିଯାଉଛି ।

ମୋ ମାଉସୀ , ଲଭ ୟୁ !

ଥାଉ ସେ ନାଟକ, ଖା ଚୁପଚାପ ।

ୟାପରେ କ'ଣ କରିବୁ ବୋଲି ନିଷ୍ପତ୍ତି ନେଇଛୁ ?

ଓଡିଶାର କିଛି କମ୍ପାନୀରେ ପ୍ରଥମେ ଚେଷ୍ଟା କରିବି ବୋଲି ଭାବୁଛି ।

ଓହୋ ବାବୁସେ କଥା ପରେ ହେବ । ଆଗ ଶାନ୍ତିରେ ଖାଅ ।

ଯାହା କୁହ ମାଉସୀ ଏତେ ଦିନ ପରର ତମ ହାତ ରନ୍ଧା ଖାଇବା ଖାଇ ପାଟିର ଅରୁଚି ଛାଡିଗଲା । ସେ

ଆମେରିକାରର ମ୍ୟାଗି, ଚାଉମିନି ଖାଇ ଖାଇ କେମିତି ଗୋଟେ ଖାଇବା ପ୍ରତି ଲାଳସା ଛାଡ଼ିଯାଇଥିଲା ।

ଆମେ ଏଠି ଘିଅ ମହୁର ଭାବୁଥିବା ବେଳେ ମୋ ଛୁଆ ସେଠି ଆଖୁଆ ଅପିଆ ।
କାଦମ୍ବିନୀ, ସେ ସେଠିକି ତା ସ୍ୱପ୍ନ ପୁରା କରିବାକୁ ଯାଇଥିଲା, ଖାଇ ପିଇ ଆରାମ କରିବାକୁ ନୁହେଁ ।
ବାବୁ ଖାଇ ପିଇ ବଳ ହେଲେ ସିନା ପାଠ ପଢ଼ିବାକୁ ମନ ଲାଗିବ ।

ତମର ଯାଉ କଥା ....
     ସମସ୍ତେ ଖାଇପିଇ ଏକାଠି ବସି ଗପସପ କରୁଥିବା ବେଳେ ତନୟା ସମସ୍ତଙ୍କ ପାଇଁ ଆଣିଥିବା ଉପହାର ଦେଇ ସାରିବା ପରେ ନିଜ ବାଟରେ ଆରାମ କରିବାକୁ ଚାଲି ଯାଇଥିଲା ।

(ଶ)

     ତନୟା କିନ୍ତୁ ସମସ୍ତଙ୍କୁ ନିଜ ନିଜର ଉପହାର ଦେଇସାରିବା ପରେ ଆମେରିକା ସହର ସାରା ଖୋଜି ଖୋଜି ଆଣିଥିବା ସବୁଠୁ ସୁନ୍ଦର ଉପହାରଟି ଆଖି ପୁରେଇ

ଦେଖୁଥାଏ । ଆରୁନ ଏ ଉପହାର ପସନ୍ଦ ଆସିବ ତ ? ଯଦି ପସନ୍ଦ ନ କରନ୍ତି । କେମିତି ଦେଖା କରିବି ତାଙ୍କୁ । ସେ କ'ଣ ଜାଣିନାହାନ୍ତି କି ମୁଁ ଆସିଛି ବୋଲି, ଆସିବାର ବହୁ ବେଳ ହୋଇଗଲାଣି ହେଲେ ଥରେ ତ ଆସିନାହାନ୍ତି କି କାହା ହାତରେ ଖବର ବି ପଠେଇ ନାହାନ୍ତି ଦେଖା କରିବାକୁ ।

ଠିକ ଏହି ସମୟରେ ଗାଁର ଏକ ପିଲା ଆସି ଏକ ଚିଠି ଦେଇ ଚାଲିଯାଇଥିଲା ।

ନଦୀ ତଟରେ ଆରୁନ ଅପେକ୍ଷା କରିଛନ୍ତି ବୋଲି ଚିଠିରେ ଲେଖା ହୋଇଛି । ଶେଷରେ ଅପେକ୍ଷାର ଅନ୍ତ । ଏଇ ଅପେକ୍ଷାରେ ତ ଉପସିତ ନାରୀଟିଏ ତା ପ୍ରିୟ ପୁରୁଷକୁ ମନରେ ଧାନ କରୁଥାଏ । ପ୍ରେମର ମଜା ସମସ୍ତ ସାମ୍ନାରେ ନ ଥାଏ ବରଂ ଲୁଚି ଛପି ନିଜ ପ୍ରେମକୁ ଶାଶତ ଦେବାର ଏକ ଅଲଗା, ଆନନ୍ଦ ଓ ଅନୁଭୂତି । ଦୀର୍ଘ ୫ବର୍ଷର ଅନ୍ତ ର ପ୍ରତିଟି ସମୟ କେବଳ ଜହରର ଜ୍ୱାଳା ଭଳି ଛଟପଟ ହୋଇଛି ସେ, ବିନା ଚିଠି, କଥାବାର୍ତ୍ତାରେ ମନରେ ଏକ ବିଶ୍ୱାସକୁ ଆରଧାନା କରି ତପସ୍ୱୀ ଭଳି ତା ଆରାଧ୍ୟଙ୍କୁ ଅହରହ ତପସ୍ୟା କରିଚାଲିଛି । ତା ତପସ୍ୟା ବେକାର ଯାଇନି ବୋଲି ଆଜି ଏ ଚିଠି ପାଇଲା ପରେ ବିଶ୍ୱାସ ଆସିଛି ।

ସଙ୍ଗେ ସଙ୍ଗେ ଆରୁଣାର ପ୍ରିୟ ରଙ୍ଗ ଆକାଶୀ କଲର ସେ କୁରତି ଏବଂ ଧଲା ରଙ୍ଗର ଲେଗନିସ ପ୍ୟାଣ୍ଟ ପିନ୍ଧି ସଜ ହେଲା । ସେ ଯେଉଁ ଦିନ ଏ ପୋଷାକଟି ପିନ୍ଧି ତାଙ୍କ ପାଖକୁ ଯାଏ ବହୁତ ସୁନ୍ଦର ଦେଖାଯାଏ ବୋଲି

ବାରମ୍ବାର କୁହନ୍ତି । ପଞ୍ଚପଟକୁ ନିଜ ବେଣୀକୁ ସୁନ୍ଦର କରି ବାନ୍ଧିଦେଇଥିଲା । ଆଜି ଦେହଟା କାହିଁକି କେଜାଣି ଅସମ୍ଭବ ଭାବରେ ଠାରୁଛି ଯେମିତି ପ୍ରଥମ ଦେଖା ବେଳେ ହୋଇଥିଲା । ଦେଖା ହେଲେ କ'ଣ କହିବ କିଛି ବୁଝିପାରୁନଥାଏ । ଆଜି ତନୟାର ବ୍ୟାଗର ଥିଲା ରାଧାଙ୍କ ବ୍ୟଗ୍ରତା । କୃଷ୍ଣଙ୍କୁ ଦେଖିବାକୁ ଶାଶୁ ନଣନ୍ଦଙ୍କ ସବୁ ଅପବାଦ ଭ୍ରୟେକ୍ଷ ଣ କରି ସେ ଯମୁନା କୂଳକୁ ଚାଲିଯାନ୍ତି ଆଜି ସେ ସେଲିଟି କାହାକୁ ଖାତିରି ନକରି ଆଗେଇ ଚାଲିଛି । ସତେ ଯେମିତି ଏ ପ୍ରମର ରିତୁରେ ଫଗୁଣର ଫଗୁ ତନୟାର ଗାଈ ସାରା ଖେଳି ଯାଇଛି ।

ଠିକ ଏହି ସମୟରେ ଆସି ମାଉସୀ ତାକୁ ହଲାଇ ଦେଇଥିଲେ । ଏ ମା ଏଠି ଏମିତି କ'ଣ ଶୋଇଛୁ ? ବେଡ୍‌କୁ ଚାଲିଯା ସେଠି ଟିକିଏ ଘଣ୍ଟେ ଅଧେ ଘଣ୍ଟେ ଗଡ଼ିପଡ଼ିବୁ । ଏ ବାଟର ଯାତ୍ରାରେ ଠକି ଯାଇଥିବୁ । ସେ ଉଠିପଡ଼ି ଦେଖିଲା ସେ ତାଙ୍କ ଘରେ, ଆଉ ସେ ଯାହା ଦେଖିଲା କେବଳ ସ୍ୱପ୍ନ ଥିଲା । କେତେବେଳେ ଆରୁନଙ୍କ କଥା ଭାବୁ ଭାବୁ ତା ଆଖି ଲାଗିଯାଇଛି, ସେ ନିଜେ ମଧ ଜାଣିପାରିନି । ସେ ମାଉସୀର ହାତ ଟାଣି ପାଖରେ ବସେଇଲା ।

ମାଉସୀ ଗୋଟେ କଥା ପଚାରିବି ?
ମୁଁ ଜାଣେ ତୁ କ'ଣ ପଚାରିବୁ ?
ମାଉସୀ ଆରୁନ କେମିତି ଅଛନ୍ତି ? ସେ ଏବେ କେଉଁଠି

?

ତୁ ଯିବା ପରେ ବହୁତ ଥର ସେ ଘରକୁ ଆସିଛି, ଟି କଥା ପଚାରେ .... ତୁ ଭଲ ଅଛୁ ଶୁଣିବା ପରେ ଚୁପଚାପ ଏଠୁ ଚାଲିଯାଏ । ମୁଁ ଶୁଣିଛି ତୁ ଗଲା ପରେ, ସେ ସବୁକଥା ଜାଣିବାକୁ ପାଇଥିଲା ଏବଂ ତା ମାକୁ ବହୁତ ଜୋରରେ ଝଗଡା କରି କେଉଁ ଆଡେ ଚାଲିଯାଇଥିଲା । ତୋ ମଉସା ଆସି କହୁଥିଲେ ଅଖିଆ, ଅପିଆ ଗାଁ ମୁଣ୍ଡ ବରଗଛ ତଳେ ଚାରିଦିନ ଯାଏଁ ବସିଥିଲା । ଗାଁ ପିଲା ବୁଝାସୁଝା କରିବା ପରେ ଘରକୁ ଯାଇଥିଲା । ଏଇ ମାସେ ହେବ ମୁଁ ତାକୁ ଗାଁରେ ନାହିଁ କି ଆମ ଘରକୁ ଆସିନି । ତା ଛଡା ଘର କାମରେ ବ୍ୟସ୍ତ ରହି ମୁଁ ବି ସାହି ଆଡେ ଯାଇନି କି କୌଣସି ଖବର ଜାଣିନି । ସେ କଥା ପରେ ହେବା ତୋ ଆଗ ଘଡିଏ ବିଶ୍ରାମ କର ।

ତନ୍ମୟା ମନରେ ଚାଲୁଥାଏ ସେ ପୂର୍ବ କଥା ଗୁଡାକ । ଆରୁନ ଓ ସେ ପିଲାବେଳେ ଏକାଠି ପଢୁଥିଲେ । ଏଇ ଗାଁ ସ୍କୁଲରେ । ପିଲାବେଳକୁ ତନ୍ମୟାର ମା କ୍ୟାନସର ରୋଗରେ ପଡି ଆର ପରିକୁ ଚାଲିଯାଇଥିଲେ । ଆରୁନରମା ମଧ ପୋଖରୀ ତୁଠରେ ଗାଧୋଇବା ବେଳେ ଶିଉଳିରେ ଗୋଡ ଖସି ପଡିଯିବାରୁ ମୁଣ୍ଡ ମାଡ ହୋଇଯାଇଥିଲା । ରକ୍ତର ସ୍ୱଅ ବନ୍ଦ ନ ହେବାରୁ ତାଙ୍କୁ

ବଡ ଡାକ୍ତର ଖାନାରେ ଭର୍ତ୍ତି କରଯାଇଥିଲା । ହେଲେ ଦଇବ ଯେତେବେଳେ ଦାଉ ସାଧେ ସେତେବେଳେ ବା କାହାର କେତେ ଦିନ ଜେ ସେ ତରିଯିବ । ଶେଷରେ ଡାକ୍ତର ତାଙ୍କୁ ମରୁତ ଘୋଷଣା କରିଥିଲେ । ସେହିଦିନ ସବୁଠୁ ବେଶୀ ଆରୁନ ଓ ସେ ଦୁହେଁ ଭିଡା ଭିଡି ବହୁତ କାନ୍ଦୁଥିଲେ । ସେଦିନ ଠାରୁ ଚାରିଦିନ ଯାଏଁ ସେ ସେମିତି ରୁଷି ଯାଇ ଗାଁ ମୁଣ୍ଡ ବରଗଛ ତଳେ ବସିଥିଲା । ତନୟା ଯାଇ ବୁଝେଇବାରୁ ଘରକୁ ଫେରିଥିଲା । ତା ଖାଇବାରୁ ଅଧା ନେଇ ଆରୁନ କୁ ଖୁଆଇ ଦେଇ ଆସେ ।ସେହି ଦିନଠାରୁ ଦୁହେଁ ପ୍ରଥମେ ଭଲ ବନ୍ଧୁ ହୋଇଥିଲେ । ବୟସ ବଢିବା ସହ ଧୀରେ ଧୀରେ ଏ ବନ୍ଧୁତା ଭଲପାଇବାର ରୂପ ନେଇଥିଲା । ଗାଁ ପାଖ ମନ୍ଦିର ପଛରେ ବହିଯାଉଥିବା ପୋଖରୀରେ ପିଲାବେଲୁ ଦୁହେଁ କାର୍ତ୍ତିକ ପୂର୍ଣ୍ଣିମାରେ ଛୋଟ ଛୋଟ ହାତର ଡଙ୍ଗା ତିଆରି କରି ସେଥିରେ ଭସାଇ ତାଳିମାରି ଦୁହେଁ ଖେଲନ୍ତି । ଆଗରୁ ଜଣଙ୍କ ଡଙ୍ଗା ଭାସିଯାଉଥିଲେ ଅନ୍ୟ ଜଣଙ୍କ ଡଙ୍ଗା ରାହିଜାଉଥିଲା । ଦୁହେଁ ଗାଲି ଗୁଲଜ ହୋଇ ସେଇଟି ଗଡିଯାଆନ୍ତି । ଧୀରେ ଧୀରେ ଦୁହିଁଙ୍କ ମାତପିତ କମିଯାଇଥିଲା । ଦୁହେଁ ମନରେ ମନରେ ଚାହାନ୍ତି ଜଣକଠୁ ଅନ୍ୟ ଜଣ କ ଡଙ୍ଗା ଆଗକୁ ମାଡିଯାଉ ସେଇଥିରେ ଉଭୟ ଖୁସି । ଦୁହେଁ ଦୁହିଁଙ୍କୁ ବହୁତ କିଛି କଥା କହିବାକୁ ଚାହାନ୍ତି ହେଲେ ମନ ଭିତରେ ଶୁଣି ଭୟ ସଞ୍ଚାରୀ ଯାଏ, ଏ ସବୁ କଥା ପାଇଁ କାଲେ ଏ ବନ୍ଧୁତା

ଭାଙ୍ଗିଯିବ । ନା ଆରୁନ ମାନେ ମାନେ ସ୍ଥିର କରିସାରିଥିଲା । ଏଥର ଡଙ୍ଗା ଭସେଇ ଯିବାସମୟରେ ନିଶ୍ଚିନ୍ତ ତା ମନ କଥା ତନୟାକୁ କହିଦେବ । ବିଳମ୍ବ ହୋଇଯିବା ପୂର୍ବରୁ ।

ସେ ପୂର୍ଣ୍ଣିମା ଦିନ ସକାଳୁ ଉଠି ଆରୁନକୁ ଡାକିବାକୁ ଆସିଥିଲା ତନୟାକୁ ।

ତନୟା ଶୀଘ୍ର ଚାଲିଆସେ, ସେପଟେ ପୋଖରୀରେ ଭିଡ ହୋଇଯିବ ।

ହଁ........ ହଁ...... ଆସୁଛି । ଟିକିଏ ଅପେକ୍ଷା କର ।

ଆରେ ପୁଅ ଡଙ୍ଗା ଭସେଇବାକୁ ପୋଖରୀକୁ ଯିବ କି ?

ହଁ ମାଉସୀ ।

ହଉ ଫେରିବା ବେଳେ ଏ ବାଟେ ଖାଇଦେଇ ଯିବୁ ମୁଁ ଖେଚୁଡ଼ି ଡାଲମା କରିଛି ।

ହଉ ମାଉସୀ ।

ତନୟା ଘରୁ ତା କାଗଜ ଡଙ୍ଗାଟିଏ ଧରି ଚପଲ ପିନ୍ଧି ଦେଇ ତରତର ହୋଇ ଆରୁନ ସହ ବାହାରିଗଲା ।

ପଚାରୁ ମାଉସୀ ଡାକୁଥାନ୍ତି ଧୀରେ ଧୀରେ ଯିବୁ ପୋଖରୀ ପାଣିରେ ବେଶୀ ଖେଳିବୁନି ।

ଦେଖେ ତୋରି ଲାଗି ଭିଡ ହୋଇଗଲା, କହୁଛି ଶୀଘ୍ର ଚାଲିଆ ।

ଭିଡ ଭିତରେ ଠେଲି ପେଲି ହୋଇ ପଶିବାର ମଜା

ଅଲଗା, ଚାଲ ଆମେ ସେପଟେ ତୁଠରେ ଯାଇ ଭସାଇବା ।

ଦୁହେଁ ତୁ ତୁ ମେ ମେ ହେଉଥାନ୍ତି, ସେ ତାକୁ କହୁଥାଏ ତୁ ଆଗ ଡଙ୍ଗା ଭାଷା । ସେ କହୁଥାଏ ତୁ ଆଗ ଡଙ୍ଗା ଭାଷା। ଆରୁନ ତନୟାକୁ ଚୁପ କରିଦେଇ କହିଲା କେହି ଆଗ ନୁହଁ କି କେହି ପଛ ନୁହଁ ଦୁହେଁ ମିଶିକି ଭସେଇବା । ଚାଲ ଦେଖିବା କାହା ଦଣ୍ଡା ଆଗ ଯାଇ ପହଞ୍ଚିବା ଦୁହେଁ ଏକା ଡଙ୍ଗା ଆଗ ଯାଇ ପହଞ୍ଚିବ । ଦୁହେଁ ଏକା ସାଙ୍ଗରେ ଡଙ୍ଗା ଭସେଇ ଦେଲେ । ଦୁହଁଙ୍କ ଡଙ୍ଗା ଏକା ସ୍ରୋତରେ ଭସେଇ ହୋଇ ହୋଇ ଆଗକୁ ବଢ଼ୁଥାଏ । ଦେଖ ତନୟା ଆମ ଦୁହଁଙ୍କୁ ଡଙ୍ଗା କେମିତି ସାଥୀ ହୋଇ ଭାସିଯାଉଛନ୍ତି । ଦେଖିଲେ ଲାଗୁନି ଆମ୍ଭର ମିଳନ ସରୁଛି କେବଲ ମନର ମିଳନ ବାକି ଅଛି ।

କ'ଣ ଯେ କୁହ ଆରୁନ , ସେ ସାହିତ୍ୟ ତୁମକୁ ପାଗଲ କରିଦେଲାଣି ।

ଯଦି ସାହିତ୍ୟ ପ୍ରତି ପାଗଲୀ ନହେଲେ ତାକୁ ବୁଝିହୁଏନା, ତା ଭିତରେ ହଜି ତାକୁ ଖୋଜି ହୁଏନା, ସେଇଠି କେବଲ ଆର୍ତ୍ତନାଦର ସ୍ୱର। ଗଭୀରରେ ପ୍ରେମର ଚିତ୍କାର ଭାସିବୁଲୁଥାଏ ।

ଛାଡ଼......ବାବା ସେ ସବୁ କଥା ମୋ ମୁଣ୍ଡରେ ପଶିବନି । କହି ଉଠି ଚାଲିଯାଇଥିଲା । ଠିକ ଏହି ସମୟରେ ଆରୁନ ପଛପଟୁ ତା ହାତକୁ ଭିଡ଼ି ଧରିଥିଲା ।

ଏ କ'ଣ ହେଉଛି ଆରୁନ ? ଛାଡ଼ ସମସ୍ତେ ଦେଖୁଛନ୍ତି

।

ଯିଏ ଦେଖୁ ମୋର ଆପତ୍ତି ନାହିଁ , ଆଜି କିନ୍ତୁ ସବୁ ସତ ଶୁଣିବାକୁ ଚାହେଁ, ମୋ ପାଇଁ ତମର ମନରେ କିଛି ଜାଗା ଅଛି ନା ନାହିଁ ଶୁଣିବାକୁ ଚାହେଁ ।

ନିଜ ହାତରୁ ଆରୁନ ହାତରୁ ଖସାଇ ଦୌଡ଼ି ଦୌଡ଼ି ଚାଲିଯାଇଥିଲା ମନ୍ଦିର ଭିତରକୁ, ଆଉ ତା ପଛେ ପଛେ ଆରୁନ ମଧ୍ୟ!

ଆରେ ରୁହ ! କୁଆଡ଼େ ଯାଉଛ, ପ୍ରଥମେ ମୋ ପ୍ରଶ୍ନର ଉତ୍ତର ଦେଇକି ଯାଅ ।

ଓହୋ ! ବାବା ସେତିକି ଥାଉ ବହୁତ ଦୌଡେଇ ଦେଲୁ ।

ତନୟା ଟିକିଏ ଆରୁନ ପାଖକୁ ଘୁଞ୍ଚିଯାଇ, ଦେଖ ଆରୁନ ଏ ଆଖି କ'ଣ କହୁଛି ? ଭଲ କି ଆଖିର ସମୁଦ୍ରରେ ବୁଡ଼ଦିଅ ଏବଂ ଅଣ୍ଡାଳିବାକୁ ଚେଷ୍ଟାକର ନିଶ୍ଚୟ ଖୋଜି ପାଇବ ।

ସମୁଦ୍ରର ଗଭୀରତା କ'ଣ ମାପି ହୁଏ ତନୟା। କେବଳ ଦୂରରୁ ଦେଖି ଅନୁମାନ କରିହୁଏ କେତେ ସେ ଗଭୀର ଜଣାହୁଏ । ସେ ଗଭୀରତାକୁ ମୁଁ ଅନୁମାନ କରିସାରୁଛି, ମୁଁ ମୋ ପ୍ରଶ୍ନର ଉତ୍ତର ପାଇ ସାରିଛି ।

ଦେଖୋ ତନୟା ଆମ ଦୁହିଙ୍କର ଭାଗ୍ୟ ! ଆଜି ସ୍ୱୟଂ ଶିବଶଙ୍କର ଆମ ପ୍ରେମର ସାକ୍ଷୀ ରୂପରେ ପ୍ରତୀୟମାନ । ତାଙ୍କ ସାମ୍ନାରେ ଖୋଲା ଭାବରେ ମୁଁ ସ୍ୱୀକାର କରୁଛି ମୁଁ ତୋତେ ଭଲ ପାଏ । ଯେ ପର୍ଯ୍ୟନ୍ତ ଏ ଆରିନର

ନିଶ୍ୱାସ ଚାଲୁଥିବ, ସେ ତା ହୃତ୍‌ପିଣ୍ଡର ସ୍ପନ୍ଦନ କେବଳ ତନୟା ପାଇଁ ଧକ ଧକ ହେବ ।

ତନୟା ମୁହଁ ଶୁଖେଇ କହିଲା, ଶିବଶଙ୍କରଙ୍କୁ ପାଇବା ପାଇଁ ମାତା ପ୍ରଥମେ ସତୀ ରୂପରେ ପରୀକ୍ଷା ଦେଇଥିଲେ ସେ ପରୀକ୍ଷାର ମଧ ଅନ୍ତ ହୋଇନଥିଲା । ନିଜ ବାପାଙ୍କ ଅପମାନ ସହ୍ୟ ନ କରିପାରି ଅଗ୍ନିରେ ଦାହ ଦେଇଥିଲେ । ତାପର ଜନ୍ମ ସେହି ଜନ୍ମରେ ଆହେତୁକ ତପସ୍ୟା ପରେ ଶିବଙ୍କୁ ପାଇଥିଲେ ।

ଆରେ ବୋକି, ଯଦି ପ୍ରେମରର ତପସ୍ୟା ନ ଥାଏ ତେବେ ତା ପବିତ୍ରତାକୁ ଅନୁଭବ କରିପାରିବା କେମିତି ?

ପ୍ରେମ ହିଁ ପବିତ୍ର । ଟକୁ ପରୀକ୍ଷିବା ପାଇଁ କ'ଣ ତପସ୍ୟା ଦରକାର !

ହଁ କାରଣ ତପସ୍ୟା ବିନା ପ୍ରେମର ଅର୍ଥ ଅନର୍ଥ ସାଜେ, ଏହା ତାର ଏକ ଅଙ୍ଗ କହିଲେ ଚଳେ । ତପସ୍ୟା ମାଧ୍ୟମରେ ପ୍ରେମର ରଙ୍ଗଟା ଜଳ ଜଳ ହୋଇ ଉଜ୍ବଳ ଦିଶେ ।

ଠିକ ସେହି ସମୟରେ ମନ୍ଦିର ନାନା ଭିତରକୁ ପଶି ଆସିଲେ , କିରେ ପିଲେ ଏଠି କ'ଣ କରୁଛ ? ଆସ ଶିବଙ୍କ ମସ୍ତକରେ ପାଣି ଢଳିବା । ଦୁହେଁ ନିଜ ହୃଦୟର ପବିତ୍ରତାକୁ ସେ ଜଳରେ ଅର୍ପଣ କରିଦେଇ ହାତରେ ହାତ ଚଣ୍ଡୀ ଶିବଙ୍କ ମସ୍ତକରେ ପାଣି ଢାଲିଲେ ।

ଓମ ନମଃ ଶିବାୟ .... ଓମ ନମଃ ଶିବାୟ............. ଓମ ନମଃ ଶିବାୟ...... ମନ୍ତ୍ରରେ

(୪)

- ବେଣୁଧର ଆସି କାଦମ୍ବିନୀକୁ ତନୟା କୁଆଡେ ଯାଇଛି । ଏ ଯାଏଁ ଫେରିଣୀ ।

- ଏଇ ଗାଁ ପାଖ ମନ୍ଦିରକୁ ଯାଇଛି ଡଙ୍ଗା ଭସାଇବାକୁ ଆରୁନ ସହ ।

- ତାକୁ କୁହ ସେ ଆରୁନ ସହ ବେଶୀ ବୁଲାବୁଲି କରିବନି । ସେତେବେଳେ ଛୋଟ ଥିଲେ ଅଲଗା କଥା, ଏବେ ବଡ ହୋଇଗଲେଣି ଦୁହେଁ । ମିଶାମିଶା କମ କରିବା ଭଲ ହେବ ।

- ପିଲା ଲୋକ, ଦୁହେଁ ପିଲାବେଳରୁ ସାଙ୍ଗ ବୋଲି ଏକାଠି ଖେଳା ବୁଲା କରୁଛନ୍ତି ।

- ତମେ ପିଲା ଲୋକ କହି ଆଉ ତାକୁ ପ୍ରଶ୍ରୟ ଦିଅନି କାଦମ୍ବିନୀ ।

- ଓହୋ ! ବାବୁ ତମେ ଶାନ୍ତ ହୁଅ, ମୁଁ ଆସିଲେ ବୁଝେଇ ଦେବି ।

✗--------------✗--------------------✗----------✗

ଏତେବେଳ ହେଲା କେଉଁଠି ଥିଲୁ । ଆବା ଆସି ଘରେ ପାଟି କରୁଥିଲେ ।

ମାଉସୀ ମନ୍ଦିରରେ ଟିକିଏ ଭିଡ଼ଥିଲା ତ ଆସିବାକୁ ଡେରି ହୋଇଗଲା , ତମେ ଟିକିଏ ସମ୍ଭାଳିନେବ ।

ହଉ ହଉ ! ଗୋଡ ହାତ ମୁହଁ ଧୋଇ ହୋଇ ଭିତରକୁ ଆସେ।

ବାପାଙ୍କ ଆଖି ଆଚୁଆଳରେ ସେ ଖସିଯାଉଥିବା ବେଳେ, ବାପା କଣ୍ଠ ଟାଣ କରି ଡ଼ାକିଥିଲେ ଶୁଣିଲୁ ଏତେବେଳ ଯାଏଁ କେଉଁଠି ଥିଲୁ ?

ମନ୍ଦିର ଯାଇଥିଲି ।

ଏତେ ଡେରି କାହିଁକି ହେଲା ?

ମନ୍ଦିରରେ ବହୁତ ଭିଡ ଥିଲା ।

ଯେଉଁ ଏକ୍‌ଜ୍ରାମ୍‌ସ ଦେଇଥିଲୁ ଇଞ୍ଜିନିୟର ପଢିବା ପାଇଁ ତାହାର ରେଜଲ୍‌ ଆଜି ଆସୁଛି !

ଜାଣିନି ବାପା ।

ମୁଁ ଦୋକାନରେ ଥିଲି , ସେଇଠି କଛି ଲୋକ କଥାହେବାର ଶୁଣିକି ଆସିଲି ।

ତେବେ ବାପା ମୁଁ କମ୍ପ୍ୟୁଟରର ଯାଇ ତନଖି କରି ଆସୁଛି ।

ତାର କୌଣସି ଆବଶ୍ୟକତା ନାହିଁ । କାଦମ୍ବିନୀ ଏଇଠିକି ଆସ ।

ଆଜ୍ଞା ବାବୁ

ମୁଁ ଆସିଲାବେଳେ କିଛି ନେଇକି ଆସିଛି । ସେଇଟା ସାଇକେଲ ହ୍ୟାଣ୍ଡଲେରହିଯାଇଛି ନେଇଆସ ।

ତନୟା ସେତେବେଳକୁ ଥରି ଥରି ତା କାଦମ୍ବିନୀ ମାଉସୀର ହାତ ଟାଣୁଥାଏ । ମାଉସୀ ଯାଆନି ।

ରହ କିଛି ହେବନି ।

ଏଇ ନିଅ ବାବୁ !

ତମେ ଧର, କ୍ଷୀରେ ଯାହା ଅଛି ତନୟାକୁ ଖୁଆଇଦିଅ ।

ସେ ପ୍ୟାକେଟରେ ଥିଲା ବଡ ବଡ ରସୋଗୋଲା। କାଦମ୍ବିନୀ ସେଥିରୁ ଗୋଟେ ଆଣି ତନୟକୁ ଖୁଆଇଦେଇଥିଲା ।

ମିଠା କାହିଁକି ବାପା ?

ହଁ ବାବୁ ମିଠା କାହିଁକି?

ଖୁସି ଖବର ଏହା କି ତନୟା ଯେଉଁ ପ୍ରବେଶିକା ପରୀକ୍ଷା ଦେଇଥିଲା , ସେଥିରେ ସେ ରମ୍ୟାଙ୍କ ୧୬ରେ ଅଛି ।

ସତରେ ବାବୁ !

ତନୟା ଖୁସିରେ ବାପା କହି ଦୌଡି ଯାଇ ଭିଦ୍ୟ ପକାଇଥିଲା ବେଣୁଧରଙ୍କୁ, ପାଦ ଛୁଇଁ ମୁଣ୍ଡିଆ ମରିଥିଲା ।

ତାପରେ କାଦମ୍ବିନୀ ମାଉସୀର ପାଦଛୁଇଁବାକୁ ଯିବା ବେଳେ ମାଉସୀ ଧରି ପକେଇ ମୁଣ୍ଡରେ ସ୍ନେହଭାରା ଚୁମା ଦେଇ କହିଲେ "ମୋ ମା ଦୁନିଆର ସବୁ ଯୁଦ୍ଧକୁ ଜିତୁ" ।

ସେହିଠାରୁ ବାହାରିଯାଇ ନୟନାକୁ କହିଥିଲେ ଝିଅଲୋ ଟିକିଏ ମାଉସା ପାଖକୁ ଫୋନଟା ଲଗେଇ ଦେଲୁ ।

ହ୍ୟାଲୋ, କାଦମ୍ବିନୀ କହୁଛି ।

ସେପଟୁ ଉତ୍ତର ହଁ କୁହ ....
ଜାଣିଛ ଆମ ତନୟା ଯେଉଁ ଏଣ୍ଡ୍ରାସ ଦେଇଥିଲା ସେଥିରେ
ପ୍ରଥମ ଆସିଛି ।

ଆରେ ବାଃ ବହୁତ ବଡ ଖୁସି କଥା ।

ଆସିଲା ବେଳେ ବଡ ଭାକ୍ତୁରତେ ଆଣିଥିବ । ଆଜି
ଝୋଲ କରିବା ।

ହଉ, ପାଞ୍ଚ ମିନିଟରେ ଯାଇ ପହଞ୍ଚୁଛି ।

ନୟନା ବି ଏ କଥା ଶୁଣି ଖୁସିରେ ଫାଟିପଡିଲା ।
ମାଉସୀ ମଉସାଙ୍କୁ ଯାହା କହିଲ ସତ!

ହଁ ଲୋ , ଛୁଆଟା ମୋର କେତେ ରାତି ଅନିଦ୍ରା ରହି
ପାଠ ପଢିଛି, ଭୋକ ଶୋଷ ମାରିଦେଇଥିଲା । ଆଜି ତା
ସ୍ୱପ୍ନ ପୁରା ହେଲା ।

ମୁଁ ଯାଏ ବଜାରରୁ ଦେଶୀ କୁକୁଡା ଟେ ଆଣେ ଝୋଲ
କରିବା ।

ନାଇଁ ବାବୁ ଆଉ , ମୁଁ ତାଙ୍କୁ କହିଛି ଭାକ୍ତୁର ମାଛତେ
ଆଣିବାକୁ ଆଣିକି ଆସୁଥିବେ ।

ହଉ ତେବେ ରାତିରେ ଆଣିବା । ଝୋଲ କରି ଖାଇବା
।

ମାଉସୀ ମୋତେ ଏ ମିଠାରୁ କିଛି ଦେବ। ଆରୁନକୁ
ଦେଇ ଆସିବି ।

ନେଇଯା, ଯେତେ ଇଚ୍ଛା ଆଉ କେଉଁ ସାଙ୍ଗ ଯଦି ଥିବେ
ତାହାଲେ ଦେଇଦେବୁ ।

ଠିକ୍ ଅଛି ମାଉସୀ । ଗାଁ ମୁଣ୍ଡ ଆମ୍ଭ ତୋଟା ମାଳରେ କୃଷ୍ଣ ରାଧାଙ୍କ ଅପେକ୍ଷାରେ ବଂଶୀର ସ୍ୱର ଯାହା ପାଇଁ ରାଧା ପାଗଳ, ସବୁ ନିନ୍ଦା ଅପବାଦକୁ ଭୁଲି ଦୌଡ଼ି ଆସନ୍ତି ଏ ସ୍ୱରରେ ଭିଜିବାକୁ ଓ ହଜିବାକୁ । ଆଜି ସେମିତି ଆରୁନର ବଂଶୀରସ୍ୱର ସ୍ୱର ତନୟାକୁ ତାରି ପାଖକୁ ଟାଣି ନେଇ ନି ଆସୁଛି । ନିଜ ସ୍ୱର ସଙ୍ଗୀତ ତିତୁରୁ ବାହାରି ଆସି ଦେଖିଲା ତା ରମଣୀ ରାଧା ମାନେ ତନୟା ସାମ୍ନାରେ ଠିଆ ହୋଇଛି ।

ତୁ କେତେବେଳେ ଆସିଲୁ ?

ଆପଣ ଯେତେବେଳେ ବଂଶୀ ବଦନରେ ବ୍ୟସ୍ତ ଥିଲେ । ଆସେ, ବସ ଏଠି।

ଦେଖ ମୁଁ ତମ ପାଇଁ କଣ ନେଇ ଆସିଛି । ମିଠା ମିଠା! ହେଲେ କାହିଁକି ?

ମୁଁ ଯେଉଁ ପ୍ରବେଶିକା ପରୀକ୍ଷା ଦେଇଥିଲି ତୁମକୁ କହିଥିଲି, ସେଥିରେ ମୁଁ ପ୍ରଥମ ସ୍ଥାନ ପାଇଛି ?

ସତରେ !

ହାଁ

ମୁଁ ଆଜି ବହୁତ ଖୁସି ତୋ ପାଇଁ । ହେଲେ ....

ହେଲେ ପୁଣି କ'ଣ.......

ଏ ପାଠ ଦିନେ ଯଦି ତୋ ଠାରୁ ମୋତେ ଅଲଗା କରିଦିଏ !

କାହିଁକି?

ଦେଖ୍ ତୁ ତ ଭଲ ପଢୁଛୁ । ଏଥିପାଇଁ ତୋତେ

ବାହାରକୁ ଯିବାକୁ ପଡ଼ିବ ଏବଂ ଚାଲିରି ମଧ୍ୟ କରିବୁ । ସେତେବେଳେ ତୁ ଯଦି ମୋତେ ପସନ୍ଦ ନ କରୁ । ସେ କଥା ଛାଡ଼େ ମଉସା ଯଦି ରାଜି ନ ହୁଅନ୍ତି , ମୋ ହାତରେ ତୋ ହାତକୁ ଦେବାକୁ , ତାହାଲେ କ'ଣ ହେବ ମୋର ?

କିଛି ହେବନି, ତମେ ଅଧିକା ଭାବୁଛ । ପ୍ରେମ ତ ସର୍ତ୍ତହିନ ସର୍ତ୍ତ ରାଖୀ ପ୍ରେମ କାଲେ ସେ କି ପ୍ରେମ । ପ୍ରେମ ନିସ୍ୱାର୍ଥ ପର ସ୍ୱାଧୀନତା ଉପରେ କୌଣସି ବାଧା ବନ୍ଧନ ରହିପାରେନି ।

ହେଲେ ପ୍ରେମର ଯନ୍ତ୍ରଣା ବହୁତ କଷ୍ଟଦାୟକ, ଜହରର ଜ୍ୱାଲାରେ ବଞ୍ଚିବାକୁ ହେବ । ଛାତିରେ ଶରବିଦ୍ଧ ହେଲା ପରେ ମଧ୍ୟ କାଟିବାକୁ ପଡ଼ିବ ।

ଓହୋ ! ସେତିକି ଥାଉ ଏ ଦର୍ଶନ ଶାସ୍ତ୍ର, ଆଗ ମୁହଁ ମିଠା କର ।

ଠିକ ଏହି ସମୟରେ ଆସି ନୟନା ତନୟାର ମୁଣ୍ଡରେ ହାତ ବୁଲେଇ ଆଣିଥିଲା । ଏ ଯାଏଁ ଶୋଇନୁ ଯେ
. . . .

ଏମିତି ଟିକିଏ ଗଡପଡ ହେଉଥିଲି, ଆମେରିକାରେ ଦିନରେ ଶୋଇବାର ଅଭ୍ୟାସ ନଥିଲା ତ ସେଥିପାଇଁ ଏନଆଇଡି ହେଉନି ।

ଏ ଚାରିବର୍ଷ ଭିତରେ କେତେ ଝଡିଯାଇଛୁ ଦେଖିଲୁ ? ବାସ ଏମିତି ତମେ ମାନେ ବହୁତ ମାନେ ପଦ ସେଇଠି ।

ଆମେ ବି ତୋତେ ବହୁତ ମନେପକାଉ । ଆଉ ବାପା ଦିନେ ଦିନେ ତୋତେ ମନେପକାଇ ବୋ ଫଟୋ ସାମ୍ନାରେ ଠିଆ ହୋଇ ବହୁତ କାନ୍ଦାନ୍ତି ।

ତୁ ଆଉ ବାପା ମୋ ପାଇଁ ବହୁତ କଷ୍ଟ ସହିଲାଣି, ଆଉ ନୁହେଁ । ଏବେଠୁ ତମ ସବୁ ସ୍ୱପ୍ନ ପୁରା କରିବି ମୁଁ । ଏବେ ତମମାନଙ୍କ ଦାୟିତ୍ୱ ନେବା ମୋ କମ । ଆଗ ଯେଉଁଠି ନା ଯେଉଁଠି ହେଲେ ସେତେଲ ହେବି, ତାପରେ ତୋ ବାହାଘର ଆଗ କରିବି ।

ନା, ମୁଁ ଆଉ ବାହାଘର ହେବିନି । ତମ ପାଖରେ ରହିବି ।

କାହିଁକି ନୁହେଁ ? ତୋର ବୟସ ଗଡିଯାଇଛି ନା ବୁଢୀ ହେଇଯାଇଛୁ ଯେ ବାହା ହେବୁନି ।

ତନୟା ଠିକ କହୁଛି । କାଦମ୍ବିନୀ ମାଉସୀ ଘରକୁ ପଶିଆସି କାହିଁକି ବାହାହେବୁନି? ତୁ କ'ଣ ବୁଢୀ ହୋଇଗଲୁଣି କି ? ତା ଛଡା ଏତେ ସୁନ୍ଦର ରୂପବତୀ, ଗୁଣବତୀ ଝିଅକୁ ଯିଏ ପାଇବ, ସେ ହିନ ଭାଗ୍ୟବାନ । କଥା ଭଲିଆ କଥାଟିଏ କହିଲ ମାଉସୀ, ତନୟା କହିଥିଲା

। ସେଥିପାଇଁ ପରା ଅମରେନ୍ଦ୍ର ଭାଇ ଅପେକ୍ଷା କରି ବସିଛନ୍ତି ।

ଯା ! ତୁ ଅତି ଫାଜିଲି ହୋଇଗଲୁଣି ଯ୍ୟା ଭିତରେ । ରହ ତୋତେ ଦଉଛି କହି ନୟନା ଗୋଡ଼ାଇଥିଲା ତନୟା ପଛରେ ।

ଅମରେନ୍ଦ୍ର, ବେଣୁଧରଙ୍କ ଅତି ଘନିଷ୍ଠ ବନ୍ଧୁ ଡମ୍ବରୁଧରଙ୍କ ପୁଅ ଯିଏ କି ଏବେ ଏକ ମେଡ଼ିସିନ ଦୋକାନୀ ଭାବରେ କାର୍ଯ୍ୟରତ । ଡମ୍ବରୁଧରଙ୍କର ସେ ଏକମାତ୍ର ପୁଅ । ଚାରିଖାଣ୍ଡ ଗାଁର ଲୋକ ଜାଣନ୍ତି ବଡ ଜମିଦାର କହିଲେ ଅମରେନ୍ଦ୍ର ଜେଜେଙ୍କୁ ଲୋକ ବୁଝୁଥିଲେ । ଆଜି ବି ସେ ନାମ, କ୍ଷମତା ସବୁକିଛି ବଜାୟ ଏଆଖିଛି । ଆଜି ବି ଡମ୍ବରୁଧର ଏନକେ ଅଜସ୍ର ସମ୍ପତ୍ତି ବାଡ଼ି, କେଉଁଥିରେ ଉଣା ନାହିଁ, ଜମିବାଡ଼ି ବି ଚାଷବାସ ଚାଲିଛି ସେଥିପାଇଁ ଘରେ ଚାକର ବାକର ହଳିଆ ସମସ୍ତେ ଗୋଦାରୁ ମୁଣ୍ଡ ଯାଏଁ ଖଟୁଛନ୍ତି । ଅମରେନ୍ଦ୍ର ଦିଲ୍ଲୀରେ ଯାଇ ମେଡ଼ିସିନ ବିଭାଗରେ ପାଠପଢ଼ି ଆସିଛନ୍ତି । ବାହାରେ ଯାଇ ଚାକିରି କରିବାକୁ ରାଜି ହୋଇନଥିଲେ ଡମ୍ବରୁ ଓ ତାଙ୍କ ପତ୍ନୀ ସୁଗନ୍ଧା । ଗୋଟାଏ ପୁଅ ସେ ହିଁ ତାଙ୍କ ଆଖି ସାକ୍ଷୀ, ବାପାର ଚାକିରି କରିବ ବରଂ ଏଇ ଗାଁରେ ମେଡ଼ିସିନ ଦୋକାନ କରି ରହିବାକୁ କହିଥିଲେ । ତନୟା ବାପାଙ୍କ ସହ ଅମରେନ୍ଦ୍ର ବାପାଙ୍କର ନିବିଡ ସମ୍ପର୍କଥିବାରୁ ବେଳେବେଳେ ସୁବିଧା ଦେଖି ଚାଲିଆସନ୍ତି ତାଙ୍କ ଘରକୁ ।

ଆଉ କେବେ କେବେ ତାଙ୍କର ଜମିରେ ଭଲ ରକମର ଫସଲ ହେଲେ, ଅମରେନ୍ଦ୍ର ହାତରେ ପଠାଇ ଦିଅନ୍ତି । ସେ ଦେଖା ଚାହାଁରୁ ନୟନା ଘର କରି ସାରିଛି ଅମରେନ୍ଦ୍ର ମନରେ । ଉଭୟ ପକ୍ଷ ମନଭିତରେ ରାତି ଖାଲି ଯାହା କଥାଚା କେହି କାହା ଆଗରେ ପ୍ରକାଶ କରିନାହାନ୍ତି । ମାନେ ମାନେ ନୟନାକୁ ବି ଅମରେନ୍ଦ୍ର ବହୁତ ଭଲ ଲାଗେ । ଅପେକ୍ଷା କରିଥାଏ କେତେବେଲେ ଡମ୍ବରୁ ମଉସା ଜିନିଷ ପଠାଇଲେ ସେ ନେଇ ଆସିବ । ଆଉ ନୟନା ନିଜ ହାତରେ ରାନ୍ଧିବା ସୁସ୍ୱାଦ ଖାଇବା ପାରିଣୀ ଦେବ ଆଉ ବଲେଇ ବଲେଇ ଖାଇ ଛାଡିବ । ତନୟାର ପଢ଼ିବାକୁ ନେଇ ରୋଜଗାର ନିଅନ୍ତ ଆଉ ସେଥିରେ ପୁଣି ନୟନା ବାହାଘର କଥା ମୁଣ୍ଡରେ ପୁରାଇ ନାହାନ୍ତି ବେଣୁଧର ।

ଆଜି ଆସିଛନ୍ତି ଡମ୍ବରୁ ମଉସା ପୁଅ ଅମରେନ୍ଦ୍ର ଓ ପନ୍ତୀ ସୁଗନ୍ଧା ସହ ଅତି ଘନିଷ୍ଟ ବନ୍ଧୁ ବେବୁଧରଙ୍କ ଘରକୁ । ବେଣୁଧର ଘରେ ଅଛନ୍ତି କି ?   ଓ......ବେଣୁ ବାବୁ......... ବେଣୁ ସାର ....!

କିଏ ଏତେ ଜୋରରେ ପାଟି କରି ଡାକୁଛି । ଡମ୍ବରୁ ତୁ ! ବାହାରେ ପାଟି କରୁଛୁ । ଭିତରକୁ ଆସେ ।

ଭାବିଲ ଯିବା ପୂର୍ବରୁ ଟିକିଏ ସାରଙ୍କୁ ଡାକିଦେଲେ ଭଲ ହେବ ।

ଭାଉଜ ନମସ୍କାର ! ମୂର୍ଖଟା ତୁ , ଭାଉଜଙ୍କୁ ସାଙ୍ଗରେ ଆଣି ଏମିତି ବାହାରେ କିଏ ଠିଆ ହୁଏ । ଭିତରକୁ ଆସ

।

(କାଦମ୍ବିନୀ ଜଳଖିଆ, ଚାହାର ବ୍ୟବସ୍ଥା କର କାନ ପାଖରେ କହିଦେଇ ଚାଲିଆସିଥିଲେ)

ଚାହା ଜଳଖିଆ ସାରିବା ପରେ ଡମ୍ବରୁଧର କଥା ଆରଭ କରିଥିଲେ ବେଣୁ ମୁଁ ଆଜି ତୋତେ କିଛି ମାଗିବାକୁ ଆସିଛି ? ମୁଁ ଆଶା କରେ ମୋତେ ଖାଲି ହାତରେ ଫେରେଇ ଦେବୁ ନାହିଁ ?

ନିଶ୍ଚୟ ଦେବି, ଯଦି ମୁଁ ସକ୍ଷମ ଥିବି ଦେବାକୁ ।

ମୁଁ ଆଜି ତୋ ଝିଅକୁ ନେବାକୁ ଚାହେଁ, ମୋ ଘରର ବୋହୂ କରି ।

ହେଲେ ତୁ ତ ଜାଣିଛୁ ମୋ ଅବସ୍ଥା, ଏଇ ଏବେ ଏବେ ତନୟାର ପାଠ ପଢା ସାରିଛି ! ମୋ ପାଖରେ ଯାହାଥିଲା ସବୁ କିଛି ତା ପାଠରେ ହିଁ ସାରିଦେଇଛି ।

ମୁଁ ତୋତେ କେବଳ ତୋ ଝିଅକୁ ମାଗିଛି, ମୋର ଆଉ କିଛି ଦରକାର ନାହିଁ ।

ସେ ସବୁ ବେକାର କଥା ତୋ ପାଖରେ ରଖ, କନ୍ୟାଦନ ଠୁ ବଡଦାନ ଏ ଦୁନିଆରେ କିଛି ନାହିଁ ଆଉ ମୁଁ ସେ ଦାନ ଗ୍ରହଣ କରି ରଣୀ ହୋଇଛି ଆଉ କ'ଣ ଦରକାର ! ପ୍ରଥମେ ଏ ରଣ ଶୁଝିବାକୁ ଦେ ।

ଏତକେନ ବେଣୁବାବୁ । ହାତ ଧରି ପକେଇଥିଲେ ସୁଗନ୍ଧା । ଆମେ ବହୁତ ଆଶା ନେଇ ଫେରିଛୁ ଆମକୁ ଫେରେଇ ଦିଅନ୍ତୁନି । ନୟନା ଭଳି ଲକ୍ଷ୍ମୀ ପ୍ରତିମାକୁ ପାଇଲେ ମୋ ଘର ଉଜ୍ଜ୍ୱଲ ହୋଇ ଉଠିବ ।

ହଉ ତେବେ, ମୁଁ ଠାରେ ନୟନାକୁ ପଚାରିଦେଲେ ଭଲ ହେବ ?

ତନୟା ମା, ଶୁଣିଲୁ ଏତିକି.............

ଆଜ୍ଞା ବାପା

ଆରେ ମା ତୁ କେବେ ଆସିଛୁ ?

ମଉସା, ମାଉସୀ ନମସ୍କାର, ହଁ ଏଇ ଦୁଇଦିନ ହେବ ଆସିଛି ।

ଆରେ ମା.................

ବାପା ଆମେ ଭିତରେ ଥାଇ ସବୁ ଶୁଣିଛୁ । ଅପାର ଏ ବାହାଘରରେ ସମ୍ମତି ଅଛି । ମୁଁ କହୁଥିଲି କି ଅପା ଆଉ ଭାଇ ଟିକିଏ ଯଦି ଏକାଠି କିଛି ସମୟ କଥା ହୁଅନ୍ତେ...

ହଁ ହଁ କାହିଁକି ନୁହେଁ ? ଦମ୍ବରୁଧର ପାଟି କରି ଉଠିଥିଲେ । ଯା ମା ତାକୁ ଭିତରକୁ ନେଇଯା ।

ତନୟା ନେଇ ଅମରେନ୍ଦ୍ର ଓ ନୟନାକୁ ତାଙ୍କ ପଛପଟ ବାଡିଛରେ ଛାଡିଦେଇ ଆସିଥିଲା ।

ବେଶୀ ସମୟ ନେବନି..... ମଉର ଦଶ ମିନିଟ ପ୍ରଥମେ କିଛି ସମୟ ଦୁହେଁ ପୂରାପୂରି ନୀରବ କେହି କାହାକୁ କିଛି କହୁନାହାନ୍ତି । ତାପରେ ଆସ୍ତେ ଆସ୍ତେ ଅମରେନ୍ଦ୍ର ପଚାରିଥିଲା ତମେ ମୋତେ ପାଇଁକି ଖୁସି ତ ?

ନୟନା ଆସ୍ତେ କରି ହଁ ଭରିଥିଲା ।

ମୁଁ ତୁମକୁ କଥା ଦେଉଛି। ବହୁତ ଖୁସିରେ ରଖିବୀ ତୁମକୁ ।

ତାପରେ ଦୁହେଁ ଚାଲିଆସିଥିଲେ ଘରକୁ । ନିଜ ନିଜର ସମ୍ମତି ପ୍ରକାଶ କରି କହିଥିଲେ ।

ହେଲା, ଆଉ କ'ଣ? ପୁଅ ଝିଅ ରାଜି ଏଥର କଥା ଆଗକୁ ବଢେଇବା ତ ବେଣୁ ।

ହଁ, ମୋର ଆଉ କହିବାର ଅଛି ।

ସୁଗନ୍ଧ ଦେବୀ ତାଙ୍କ ସାଙ୍ଗରେ ଆଣିଥିବା ମୁଦିକୁ ନୟନାକୁ ପିନ୍ଧେଇ ଦେଇଥିଲେ । ବେଣୁବାବୁ ଏଥର ନୟନା ଆମ ଘରର ଝିଅ ।

(ହସ ଖୁସିର ମାହାଲୋ ଭିତରେ ଏ ଦୃଶ୍ୟ ଶେଷ)
(୫)

ଆସନ୍ତା ମାସ ଏକାଦଶୀ ଦିନ ବାହାଘର ପାଇଁ ସ୍ଥିର କରାଗଲା । ସମସ୍ତେ ବାହାଘର ଆୟୋଜନରେ ଲାଗିଥାନ୍ତି । ବାହାଘର ପାଇଁ ତନୟା ଶ୍ୱେତାଲିନକୁ ଆଗୁଆ ପନ୍ଦର ଦିନ ଆଗରୁ ନିମନ୍ତ୍ରଣ କରିଥାଏ । କାମର ବ୍ୟସ୍ତତା ଭିତରେ ସେ ବି ବହୁତ ଦିନ ହେବ ଅଫିସରୁ ଛୁଟି ନେଇ ଆସିଛି ।

କାଦମ୍ବିନୀ ମାଉସୀ ପାଟି କରି କହୁଥାନ୍ତି । ଛୁଆଟା ଘରକୁ ଆସିଛି ଯେ ତାକୁ ଟିକିଏ ବାହାରକୁ ବୁଲେଇ ନେ, ବସି ବସି ଘରେ ତାକୁ ଖଇଚା ଲାଗୁଥିବ ।

ହାଉ ତେବେ ମାଉସୀ ଆମେ ଆଉ ଗାଁ ମୁଣ୍ଡରେ ଥିବା

ମନ୍ଦିର ଓ ପୋଖରୀ ଆଡେ ଟିକିଏ ବୁଲିଆସିଛି ।
ଦୁହେଁ ବୁଲାବୁଲି କରିବାକୁ ବାହାରିଲେ ବେଳେ ଶ୍ୱେତା
ପଚାରିଲା ତନୟକୁ ତୋତେ ଗୋଟେ କଥା ପଚାରିବାର
ଥିଲା? ଘରେ ଥିଲେ ବୋଲି ପଚାରି ପାରୁନଥିଲି ।

ମୁଁ ଜାଣେ ମୁ ଆରୁନଙ୍କୁ କଥା ପଚାରିବୁ ।

ହଁ, କେଉଁଠି ଏବେ ସେ ? ମୁଁ ଆସିବା ଭିତରେ ତ
ତାଙ୍କୁ ଏ ପର୍ଯ୍ୟନ୍ତ ଦେଖିଣି ।

ମୁଁ ବି ନିଜେ ଜାଣେନା ସେ କେଉଁଠି ? ମାଉସୀ
କହୁଥିଲେ ମୁଁ ଆମେରିକା ଯିବା ପରେ ଆମ ଘରକୁ
ମଝିରେ ମଝିରେ ବୁଲିଆସନ୍ତି, ହେଲେ ମାସେ ହେବ
ଦେଖିନାହାନ୍ତି ତାଙ୍କୁ ।

ତୁ ଠାରେ ତାଙ୍କ ଘରେ ପଚାରି ଦେଖିଲୁଣି ।

ନା.......

କାହିଁକି ?

ତାଙ୍କ ମା ମୋ ମୁହଁରେ ପଇସା ଫିଙ୍ଗି ଯେଉଁ ଅପମାନ
କରିଛନ୍ତି, ଯେ ପର୍ଯ୍ୟନ୍ତ ସେ ପଇସା ମୁଁ ତାଙ୍କ ପାଦତଳେ
ରାଖୀ ଣ ଆସିଛି ସେ ପର୍ଯ୍ୟନ୍ତ ତାଙ୍କ ଘର ଦ୍ୱାର ମଧ
ମାଡିବିନି ।

ଏ ତୁ କ'ଣ କହୁଛି ?

ହଁ ଶ୍ୱେତା, ଏହା ହିନ ମୋ ଆମେରିକା ଯିବାର କାରଣ
।

ମାନେ ! ଦୟାକରି ସବୁକଥା ବୁଝେ କି କହ ।

ଆରୁନଙ୍କ ମା ଚାଲିଯିବା ପରେ, ଆରୁନଙ୍କ ଦାୟିତ୍ୱ ଏକା
ଏକା ନେବା ପାଇଁ ତାଙ୍କ ବାପା ଅସମର୍ଥ ହୋଇପଡିଲେ

। ସେଥିପାଇଁ ଦ୍ୱିତୀୟ ବିବାହ ପ୍ରସ୍ତାବରେ ସେ ସମ୍ମତି ପ୍ରକାଶ କରିଥିଲେ । ସେ ଭାବୁଥିଲେ ତାଙ୍କ ପତ୍ନୀ ଆସିବା ପରେ ତାଙ୍କ ପତ୍ନୀ କମ ଓ ଆରୁନଙ୍କ ମା ଙ୍କ ଭୂମିକା ଅଧିକ ତୁଲାଇବେ ହେଲେ ସବୁ କିଛି ଓଲଟିଥିଲା । ଆରୁନଙ୍କ ସହ ତାଙ୍କ ବ୍ୟବହାର ଥିଲା ସାବତ ମାର ବ୍ୟବହାର । ଯେତେବେଳେ ସେ ଜାଣିବାକୁ ତାଙ୍କ ବାପା ତାଙ୍କର ସବୁ ସମ୍ପତ୍ତି ତାଙ୍କର ଏକମାତ୍ର ପୁଅ ଆରୁନଙ୍କ ନାମରେ କରିଦେଇଛନ୍ତି ଏବଂ ଆରୁନଙ୍କ ପରେ ଅନ୍ୟ କୌଣସି ସନ୍ତାନ ପାଇଁ ଇଚ୍ଛୁକ ନୁହନ୍ତି ସେତେବେଳେ ଆରୁନଙ୍କ ସହ ଭଲ ପାଇବାର ଛଳନା କରିଚାଲିଲେ । ତାଙ୍କୁ ଏମିତି ଅନୁଭବ କରାଇବାକୁ ଲାଗିଲେ ଯେ ତାଙ୍କୁ ଛାଡିଦେଲେ ଏ ଦୁନିଆରେ ଆଉ କେହି ଭଲପାନ୍ତି ନହିଁନ । ଆରୁଣ ମଧ ବାପାଙ୍କ ଇଚ୍ଛାକୁ ସମ୍ମାନ ଜଣାଇ ମାକୁ ଆଦରି ନେଇଥିଲେ ।

ତାପରେ ତୁ ତ ଜାଣୁ ଆମ ପ୍ରେମର ଆରମ୍ଭ, ଧୀରେ ଧୀରେ ପ୍ରେମ ଡାଙ୍ଗରେ ହାତ ଧରାଧରି ହୋଇ ପାରିହେବାକୁ ବସିଥିଲୁ । ସେ ସୁଅରେ ଆହୁଲା ମାରି ମାରି ଗତୁଥିଲୁ ହେଲେ ଆଚନକ ଝାଡା ବତସା ଆସି ଆମ ଡଙ୍ଗାକୁ ଦୋହୋଇଲ ଦେଲା । ଆମେ ଡଙ୍ଗା ସମ୍ଭାଳି ନ ପାରି ଟଳମଳ ହେଉଛୁ ।

ତୁ ଯେ କ'ଣ କହୁ ମୁଁ କିଛି ବୁଝିପାରେନା ।

ଯୁକ୍ତ ଦୁଇ ପଢ଼ିବା ଭିତରେ ମୁଁ ଇଂଜିନିୟର ଏଣ୍ଟ୍ରାନ୍ସରେ ସାରା ଓଡ଼ିଶାରେ ପ୍ରଥମ ହୋଇଥିଲି ତୁ ତ ଜାଣୁ । ଘର ସ୍ଥିର ହୋଇଥିଲା ବାହାରକୁ ଣ ଯାଇ ବରଂ ଆମ

ଓଡ଼ିଶାରେ ଇଞ୍ଜିନିୟର କରିବି । ଏ ପ୍ରସ୍ତାବରେ ଆମେ ଉଭୟ ଖୁସି ଥିଲୁ । ୟୁକ୍ଲ ଦୁଇ ରେଜଲ୍ଟ ବାହାରିବ ପରେ ମୁଁ ଟାପ ୟାଙ୍କ ରେ ପାସ କରିଥିଲି ଏବଂ ତଳ ୟାଙ୍କରେ ପାସ କରିଥିଲେ ।

ତାପରେ ଆଗକୁ ଆରୁଣ ଆଉ ପଢ଼ିବାକୁ ଇଚ୍ଛା ପ୍ରକାଶ କରିନଥିଲେ ବରଂ ତାଙ୍କ ବାପାଙ୍କ ବ୍ୟବସାୟକୁ ଆଗକୁ ନେବାକୁ ମାନସ୍ଥିର କରିଥିଲେ । ହେଲେ ମୋତେ କେବେ ବି ଆଗକୁ ପଢ଼ିବାକୁ ପ୍ରତିବନ୍ଧକ ଲଗାଇନାହାନ୍ତି । ସବୁବେଳେ ଆଗକୁ ବଢ଼ିବାକୁ ହତଧାରୀ ଚାଣିନେଇଛନ୍ତି । ଯେତେବେଳେ ଯାହା ବି କିଛି ଆଶୀବିଧା ହୁଏ । ନିଜେ ଯାଇ ସବୁ କିଛି ସୁବିଧା କରିଦେଇ ଆସନ୍ତି । ଏ ମନ୍ଦିର, ନଦୀ ସବୁ କିଛି ଆମ ପ୍ରେରମର ସାକ୍ଷୀ । ସ୍ୱର ସଙ୍ଗୀତରେ ମନ ବଲେଇଥାନ୍ତି , ସେଥିପାଇଁ ବ୍ୟବସାୟ କରିବା ସହ ପ୍ରତିଦିନ ସନ୍ଧ୍ୟାରେ ତାଙ୍କ ସଙ୍ଗୀତ ଶିକ୍ଷକଙ୍କ ପାଖକୁ ସଙ୍ଗୀତ ଶିକ୍ଷା ପାଇଁ ଯାଆନ୍ତି । କୃଷ୍ଣଙ୍କ ଭଳି ଅତି ସୁନ୍ଦର ବଂଶୀ ବାୟାଇପାରନ୍ତି । ଶେଉଣ୍ଡିରେ କେବଳ ପ୍ରେମର ସ୍ୱର ହିନ ପ୍ରଚାର ହୁଏ ।

ଆଚ୍ଛା, ଏଥିପାଇଁ ତାହେଲେ ରାଧାରାଣୀ ପାଗଲ କୃଷ୍ଣଙ୍କ ପାଇଁ ।

ଯା ! ତୋର ତ ସବୁବେଳେ ଚୋପଡ଼ା କଥା ।

ଆଉ ବାକି କଥା ସବୁ ତୋତେ ପଛେ କହିବି, ବହୁତ ସମୟ ହେଲାଣି ଆମେ ଘରୁ ବାହାରି ଆସିଲେଣି ॥ ସିଆଡେ ପୁଣି କେତେ କାମଥିବ ।

ହଁ ତୁ ଠିକ କହିଛୁ ଚଲ ଯିବା । ମାଉସୀ ଏକା ଏକା କାମ କରିଥିବେ ।

ତନୟା, ତୁ କ'ଣ ତୋ ସାଙ୍ଗ ଫ୍ରେଡକୁ ନାହାଘରକୁ ନିମନ୍ତ୍ରଣ କରିବୁନି ।

ହଁ ତାକୁ ମୁଁ ଇ-ମେଲ କରିଦେଇଛି, କେବଳ ଟା ଉତ୍ତରରେ ଅପେକ୍ଷା ।

ତନୟା ବାଙ୍ଗାଲୋରରେ କ୍ଲିଛି କମ୍ପାନୀରେ ଡିଜାଇନର ଆସିଷ୍ଟାଣ୍ଡ ଇଂଜିନିୟର ପୋଷ୍ଟ ପାଇଁ ନିୟୁକ୍ତି ବାହାରିଛି । ତୁ ଆବେଦନ କଲେ ଭଲ ହେବ ।ପ୍ରକୃତରେ ମୁଁ ଆଉ ଚାହୁଁନି ଯାଇ ବାହାରେ କାମ କରିବାକୁ ବରଂ ଓଡିଶାରେ କେଉଁଠି ହୋଇଗଲେ ଭଲ ହେବ । ତାଙ୍କଡା ଏବେ ତ ଆଫା ଟା ଶାଶୁ ଘରକୁ ଚାଲିଯିବ, ବାପାଙ୍କୁ ଏକା ଛାଡି ଯିବାକୁ ଚାହୁଁନି ।

ତୁ ଆବେଦନ କରିଥା, ପଛରେ ସେ ସବୁ ଦେଖିବାନି ।

ଶ୍ୱେତା ଠିକ କହୁଛି । (ପଛରେ ବେଣୁବାବୁ କହିଥିଲେ) ଆଗ ଆବେଦନ କର, ସେଠି ଚାକିରି କରିବା ନ କରିବା ପଛ କଥା ।

ତେବେ କାଲି ଯାଇ ପିଣ୍ଟୁନନାଙ୍କ ଦୋକାନରେ ଆବେଦନ କରି ଆସିବି ।

ସେଠିକି ଯିବା କିଛି ଦରକାର ନାହିଁ, ମୁଁ ସାଙ୍ଗରେ ଲ୍ୟାପଟପ ନେଇ ଆସିଛି, ଏଇଠି ଆବେଦନ କରିବା ।

ତେବେ ଶୁଣୁ ଶ୍ୱେତା, ମୋ ମେଲ ଆଇଡିଟା ନେଇ ଟିକିଏ ଚେକ କରିଦେବୁ ଫ୍ରେଡ ଉତ୍ତର କିଛି ଦେଇଛି ନା

ନାହିଁ ।

ଅପେକ୍ଷା କର ! ମୁଁ ଆଶୁଛି ସାଙ୍ଗ ହୋଇ ଦେଖିବା ।
ଓକେ ମ୍ୟାମ !

ଦେଖ, ଫ୍ରେଡ ଉତ୍ତର ପଠେଇଛି ସେ ଆସୁଛି । ତାର
ଫ୍ଲାଇଟ ଟିକେଟ କନଫର୍ମ ହୋଇଯାଇଛି ।

କେବେ ଆସୁଛି ।

ଆର ସପ୍ତାହରେ ଆସି ପହଞ୍ଚିବ ।

ତେବେ ଫ୍ରେଡ ପାଇଁ ରହିବାର ବ୍ୟବସ୍ଥା କରିବାକୁ ପଡିବ
। ସେପଟୁ ବାପା ଡାକିଥିଲେ ତନୟା, ଶ୍ୱେତାଲିନ କେଉଁଠି
ଅଛ, ତମେ ଦୁଇଜଣ ନୟନାକୁ ନେଇକି ଯାଅ, ତାର
ଯାହା କିଛି ଦରକାର କିଣାକିଣି କରି ନେଇ ଆସିବ ।
ହେଲେ ବାପା ସହରକୁ ଆମେ କିମିତି ଯିବୁ ?
ମୁଁ ଅର୍ଜୁନ ମଉସାକୁ କହିଦେଇଛି ସେ ଗାଡି ନେଇ
ଆସିଥିବେ, ତମେ ମାନେ ବାହାରିପଡ ।

ଯାହା ହେଉ ଅପାର କିଣାକିଣି ବାହାନାରେ ଆମେ ବି
ଟିକିଏ ବଜାର ବୁଲିଆସିବା ।

ସେମାନେ କିଛି ବାହାଘର କସମେଟିକ ଜିନିଷ କିଣିବାକୁ
ଏକ ଲେଡିଜ କର୍ଣ୍ଣର ଭିତରକୁ ଅଣିଥିଲେ । ସେ
ଦୋକାନରେ ପିଲାଟା କିଛି ଜିନିଷ ଗୋଟେ ସଜାଡି
ରଖୁଥିଲା ବୋଧେ । ଏହି ସମୟରେ ତନୟା ଡାକିଥିଲା
ଭାଇ ଟିକିଏ ଶୁଣିବେ ....

ଠିକ ଏହି ସମୟରେ ସେ ବୁଲିପଡ଼ି ଚାହିଁଥିଲା । ବାସ ତାପରେ ଅଟକିଯାଇଥିଲା ସୂର୍ଯ୍ୟ, ଚନ୍ଦ୍ର, ପବନ । ଅଟକିଯାଇଥିଲା ରାସ୍ତାରେ ଯାଉଥିବା ଗାଡ଼ି, ଘୋଡ଼ା ସତେ ଯେମିତି ସବୁକିଛି ଜଡ଼ ପାଲାଟିଯାଇଛନ୍ତି । ଏହି ସମୟରେ ଶ୍ୱେତାଲିନ ଜୋର ପାଟିରେ କହିଲା ତନୟା, ଦେଖେ ଆରୁଣ ଭାଇ ! ତନୟା ତା ହାତକୁ ଚିପି ଦେଇ ଚୁପ କରିଦେଇଥିଲା । ନୟନା ପଚାରିଥିଲା ଆରୁନକୁ ସେ ଏଠି କ'ଣ କରୁଛି ବୋଲି , ସେ କିଛି ଉତ୍ତର ଦେବା ଆଗରୁ ଦୋକାନ ମାଲିକ କହିଥିଲା ଏଇ ମାସେ ହେବ ପିଲାଟି ଆସି ଦୋକାନ ମାଲିକ କହିଥିଲା ଏଇ ମାସେ ହେବ ପିଲାଟି ଆସି ଦୋକାନରେ ରହିଛି । ତାପରେ କେହି କାହାକୁ କିଛି ଣ କହି ଜିନିଷ ପତ୍ର କିଣାକିଣି ସାରି ଦୋକାନକୁ ଫେରିଥିଲେ । ସେମାନେ ଦୋକାନରୁ ବାହାରିଯାଉଥିବା ବେଳେ ଆରୁନ ତାଙ୍କ ପଛେ ପଛେ ଗୋଡ଼ାଇଥିଲା ।

ଦି ଦି ଦୟାକରି କିଛି ସମୟ ରହିଯାଆନ୍ତୁ । ମୋର ଟିକିଏ ତନୟା ସହ କଥା ହେବାର ଅଛି।
କ୍ଷମା କରିବ ଏତେ ସମୟ ରହିପାରିବୁନି ।
ପ୍ଲିଜ ଦିଦି! ଆସନ୍ତୁ ଏ ପାଖରେ ଗୋଟେ କଫି ସପ ଅଛି ସେଇଠି ବସିବା ।
ନୟନା, ତନୟା ଆଖିର ଆବେଗ ଦେଖି ରାଜି ହୋଇଯାଇଥିଲା । ଠିକ ଅଛି କିନ୍ତୁ ବେଶୀ ସମୟ ନୁହେଁ

ମାତ୍ର 15 ମିନିଟ୍ ।

ଥ୍ୟାଙ୍କ୍ୟୁ ଦିଦି ।

ନୟନା ଓ ଶ୍ୱେତାଲିନ ସେମାନେ ଦୁଇଜଣଙ୍କୁ ଠାରୁ କିଛି ଟିକିଏ ଦୂରତା ରାଖୀ ବସିଥିଲେ । ସମସ୍ତଙ୍କ ପାଇଁ ଅରଦର କରିସାରିଥିଲା ଆରୁଣ ।

କିଛି ସମୟ ନୀରବତା ଭାଙ୍ଗି ଆରୁନ ପଚାରିଥିଲା କେବେ ଆସିଲୁ ଓଡ଼ିଶା?

ପନ୍ଦର ଦିନ ପୂର୍ବରୁ ଆସି ପହଞ୍ଚିଛି । ହେଲେ ତମେ ଏଠି କ'ଣ କରୁଛି ? ତମ ବାପାଙ୍କ ବ୍ୟବସାୟ ସବୁ କିଛି ଛାଡ଼ି ଦେଇ ଏଠି ଆସି ରହିଛ?

ସେ କଥା ପରେ କେତେବେଳେ କହିବି ! କାରଣ ଏବେ ମୋ ପାଖରେ ସମୟ ବହୁତ କମ ତା ଭିତରେ ତୋତେ ଖୋଜିବାକୁ ଚାହେଁ ।

ମୋତେ ଖୁଜିବାର ଆବଶ୍ୟକତା ନାହିଁ , ମୁଁ ଯେଉଁଠି ଥିଲି ସେଇଠି ଅଛି ।

କିଏ ଜାଣେ ବଡ ସହରରେ ପାଞ୍ଚ ବର୍ଷ ରହିବା ପରେ ଯଦି ହଜିଯାଇଥିବୁ ।

ଶରୀରଟା ଯେଉଁଠି ରହିଲେ ବି ନିଶ୍ୱାସ ପ୍ରଶ୍ୱାସ ଏ ଓଡ଼ିଶା ମାଟିର ପାଇଁ ଚାଲେ ।

ଏତେ ଦିନ ଭିତରେ କ'ଣ ମୋ କଥା କେବେ ମନେପଡ଼ିନି ?

ତା ଉତ୍ତର ତମ ପାଖରେ ଅଛି । ବରଂ ମୁଁ କହିବି ତମେ ହୁଏତ ମୋତେ ଭୁଲିଯାଇଛି ।

ଅନ୍ୟ ତିରଯ୍ୟାକେ ହସଟିଏ ହସିଥିଲା ଆରୁନ ସବୁକଥା

ଏଇଠି କହିହେବନି କାଲି ମୁଁ ଆମ ଗାଁ ପାଖ ମନ୍ଦିରରେ ଅପେକ୍ଷା କରିଥିବି ।

ସମସ୍ତେ ନିଜ ନିଜର କଫି ପିଇସାରିବା ପରେ ସେ ସ୍ଥାନରୁ ବାହାରି ଚାଲିଯାଇଥିଲେ । ଯିବା ରାସ୍ତାରେ ତନୟା ମନେ ମନେ କହିଚାଲିଥିଲି। ଏତେ ବର୍ଷର ଅପେକ୍ଷା ପରେ ଆଉ ଗୋଟାଏ ମୁହୂର୍ତ ବି ଅପେକ୍ଷା କରିହେଉନି ଆରୁନ ।

ତୁମ କ'ଣ ବୁଝିବ ତୋ ଠାରୁ ବେଶୀ ବ୍ୟାକୁଳ ମୁଁ । ତାହେଲେ ଠାରେ ପଛକୁ ବୁଲି ଚାହିଁ ଦିଅ । ଆରୁନ.............

ପ୍ଲିଜ ଥରେ ପଛକୁ ବୁଲି ଚାହିଁ ଦେ ଚାହିଁ ଦେ ତନୟା । ବର୍ଷ ବର୍ଷର ଅପେକ୍ଷାର ଶୋଷ ମେଣ୍ଟିଯାଉ ।

ଘରେ ପହଞ୍ଚିବା ପରେ ତନୟା ଗାଡ଼ିରୁ ଓହ୍ଲାଇ କାହାକୁ କିଛି ନ କହି ଚୁପଚାପ ଘର ଭିତରକୁ ଚାଲିଯାଇଥିଲା । ମାଉସୀ ତା ଶୁଖା ଶୁଖା ମୁହଁ ଦେଖୁ । ପଚାରିଲେ କ'ଣ ହୋଇଛି ତା ମୁହଁ ଶୁଖିଯାଇଛି ?

ଶ୍ୱେତା ଆସି ମାଉସୀଙ୍କ କାନ ପାଖରେ କହିଥିଲା ଆଜି ତନୟାର ଆରୁଣ ଭାଇଙ୍କ ସହ ଦେଖା ହେଲା ।

ମାଉସୀ ତାଙ୍କୁ ଚୁପ କରେଇ ଦେଇ କହିଥିଲେ, ପାଟି କରଣା ବାବୁ ଅଛନ୍ତି ଘରେ ।

କାଲୀ ସକାଳ ପର୍ଯ୍ୟନ୍ତ ଆଉ ଅପେକ୍ଷା ହେଉନି ! ଏମିତି ଏଗୋଟେ ଜାଗାରେ ତାଙ୍କ ସହ ଦେଖା ହେବ ବୋଲି ମୁଁ କାବୋ ଭାବିନଥିଲି। ହେଲେ ତାଙ୍କ ବାପଙ୍କର ଏତେ ବଡ

ବ୍ୟବସାୟକୁ ଛାଡ଼ି ଦେଇ ସେ ଶେଠୀ କ'ଣ କରୁଛନ୍ତିଉ, ସେ ଦୋକାନ ମାଲିକ ବି କହୁଥିଲା । ଏଇ ମାସେ ହେବ ସେ ସେଠି ରହିଛନ୍ତି । ମାଉସୀ ବି କହୁଥିଲେ ମାସେ ହେବ ତାଙ୍କୁ ଆଉ ଗାଁରେ ସେ ଦେଖିନାହାନ୍ତି । ସେ ଯିବା ପରେ କ'ଣ ସବୁ ଘଟିଛି ଜାଣିବାକୁ ତା ମନ ଅସ୍ଥିର । ଆଜି ରାତିଟାର କଥା କାଲି ସକାଳୁ ହୋଇ ସବୁ ଜାଣିଜୀବୀ ।

ସକାଳୁ ସେ ଶ୍ୱେତାଲୀନକୁ ନେଇ ଗାଁ ପାଖ ମନ୍ଦିରକୁ ଚାଲିଯାଇଥିଲା । ତରତର ହୋଇ ବଡ ବଡ ପାଦ ଆକେଇ ତନୟା ଚାଲିଥାଏ ।
ରହ ରହ ସାଙ୍ଗ ଏତେ ବଡ ବଡ ପାଦ ପକେଇ ମୁଁ ତୋ ସହ ଚାଲିପାରୁନି, ଟିକିଏ ଧୀରେ ଧୀରେ ଚାଲେ ।
କ'ଣ ଚାଲିପାରୁନୁ ? ଶୀଘ୍ର ଶୀଘ୍ର ଆସେ ।
ଏତେ ବ୍ୟସ୍ତ କାହିଁକି ?
ଶେଠୀ ପହଞ୍ଚିଲେ ତୁ ଜାଣିପାରିବୁ ମୋ ବ୍ୟସ୍ତତର କାରଣ ।
ଶେଠୀ ପହଞ୍ଚିବା ପରେ ଶ୍ୱେତା ଦେଖିଲା ଆରୁଣ ଆସି କେତେବେଳୁ ବାଟ ଜଗି ବସିଛି । ଓହୋ ! ଏଇ କଥା ତୁ ମୋତେ ଆଗରୁ କହିବା କଥା କି ନୁହଁ ଭାଇ ଆସିଛନ୍ତି ବୋଲି ।
ତୋତେ ଜଣାଇଥିଲେ ତୁ ଘରଟା ସାରା ଲୋକଙ୍କୁ ଜଣେଇକି ଆସିଥାନ୍ତୁ । ତେବେ ଜା ମନ୍ଦିର ଆଡେ

ବୁଲାବୁଲି କରିଆସିବୁ ।

ଓକେ ମ୍ୟାମ !

ଘରୁ ତନୟା ବଡ ବଡ ପାଦ ପକାଇ ଆସୁଥିଲା ହେଲେ ଆରୁଣ ପାଖକୁ ଗଲାବେଲେ କାହିଁକି କେଜାଣି ପଦର ଶକ୍ତି ଧୀରେ ଧୀରେ ହୋଇଯାଇଥିଲା । ଛାତିର ସ୍ପାଦନ ଜୋରରେ ଧଅକ ଧଅକ ହେବା ସହ ପାଟି ଶୁଖୁ ଶୁଖୁ ଯାଉଥିଲା ।

ଆରୁଣ କିନ୍ତୁ ଜୋରରେ ଟାଣି ଆଣି ତାକୁ କୋଳାଗ୍ରତ କରିନେଇଥିଲେ । ତନୟା ଆଖି ବନ୍ଦ କରି ତାଙ୍କ ଛାତିକୁ ଆଉଜେଇ ହୋଇପଡିଥିଲା । କିଛି ସମୟର ବ୍ୟବଧାନ ପରେ ପ୍ରକୃଷ୍ଟିତ ହୋଇପଡିଥିଲେ ଦୁହେଁ, ତନୟାକୁ ବସାଇ ଦେଇ ଆରୁଣ ନିଜେ ତନୟାର ଗୋଡ ପାଖରେ ଆଶ୍ଲେଇ ହୋଇପଡିଥିଲା ।

ଏତେ ଦିନ ପରେ ତୋତେ ପାଖରେ ଆଇ ମୁଁ ବହୁତ ଖୁସି ।

ମୁଁ ବି !

ତୋତେ ଅପେକ୍ଷା କରି କି ଏ ପାଞ୍ଚ ବର୍ଷ କେମିତି ବୀତିଗଲା ମୁଁ ଜାଣିନି ।

କିନ୍ତୁ ମୋର ତୁମକୁ କିଛି ପଚାରିବାର ଅଛି ।

ଜାଣେ ତୁ ମୋତେ କ'ଣ ପଚାରିବୁ ?

ତମେ ତମ ବାପଙ୍କର ଏତେ ବଡ ବ୍ୟବସାୟକୁ ଛାଡି ସେ ଦୋକାନରେ କ'ଣ କରୁଛ ?

ତା ପୂର୍ବରୁ ମୁଁ ତୋତେ କିଛି ପ୍ରଶ୍ନ ପଚାରିବାକୁ ଚାହେଁ, ତାର ଉତ୍ତର ସବୁ ସତ ସତ କରି ଦେବୁ ।

ହଁ

ଆମେ ଦୁଇଜଣ ତ କଥା ହୋଇଥିଲେ ତୁ ଓଡ଼ିଶାରେ ରହି ତୋ ପାଠ ପଢ଼ିବୁ , ହେଲେ ହଠାତ ମୋତେ କିଛି ନ ଜଣାଇ ଆମେରିକା ଚାଲିଗଲୁ କାହିଁକି ?

ଏଠି ରହିଥିଲେ ତମ ସହ ବାରମ୍ବାର ଦେଖା ହୋଇଥାନ୍ତା ଯାହା ଦ୍ୱାରା ତମର ଆଉ ମୋର କ୍ୟାରିୟର ଉପରେ ପ୍ରଭାବ ପକାଇଥାନ୍ତା ।

ମିଛ ! ସଂପୂର୍ଣ୍ଣ ମିଛ । ତୁ କ'ଣ ଭାବୁଛୁ ସତ ମୁଁ ଜାଣିନୀ ? ଜାଣେ ସବୁ କିଛି ଜାଣେ ।

କ'ଣଜାଣିଛ ତମେ ?

ମୋ ମାଆକୁ ତୁ କଥା ଦେବା ପରେ ଆମେରିକା ଚାଲିଯାଇଥିଲୁ । ହେଲେ କାହିଁକି ତନୟା । ତା ପୂର୍ବରୁ ମୋ ସହ କଥା ହେବା ଉଚିତ ମନେକଲୁନି ।

ମୋ ମା ପାଇଁ ମୁଁ ତୋତେ କ୍ଷମା ମାଗୁଛି । ଆମ ଭଲ ପାଇବାର ପରୀକ୍ଷା ଦେବାକୁ ଯାଇ ତୁ ଏତେ ବଡ କଷ୍ଟକୁ ସ୍ୱୀକାର କଲୁୟ ।

ନା ଆରୁନ, ତମେ ସେଦିନ ନିଜେ କହିଥିଲ ଯେ ପ୍ରେମରେ ଯଦି ତପସ୍ୟା ନଥାଏ ତେବେ ତା ପବିତ୍ରତାକୁୟ ମାପି ହୁଏନା । ଭାବିନୀଆ ମୁଁ ପାଞ୍ଚ ବର୍ଷ ତପସ୍ୟାରେ ଥିଲି । ସେ କଥା ଛାଡ, ଏବେ ତମେ କୁହ ?

ତୁ ଆମେରିକା ଚାଲିଯିବା ପରେ, ତୋତେ ମୁଁ ଭୁଲ ବୁଝିଥିଲି । ଭାବିଥିଲି ମୋତେ ଠକି ଦେଇ ତୁ ଚାଲିଗଲୁ । ମୋ ସହ କେବଳ ତୁ ପ୍ରତାରଣା କରିଥିଲୁ । ମୁଁ

ପରା ତୋତେ ଝୁରି ଝୁରି ପାଗଳ ହୋଇଯାଇଥିଲି,
ଖାଇବା ପିଇବା ଛାଡ଼ି ଦେଇ ଖାଲି ଲୁହ ଝରାଉଥିଲି ।
ସେ ସମୟରେ ସୁଯୋଗ ଉଠାଇ ମୋ ମାଆ ଆସି ଦିନେ
ମୋ ମୁଣ୍ଡରେ ହାତମାରୀ କହିଥିଲା ।

ମୋ ବାବାରେ, ଧାନରେ କେତେଦିନ ଏମିତି ଆଉ ଲୁହ
ଗଡ଼ଉଥିବୁ । ତୁ ସିନା ତାକୁ ଜୀବନ ଦେଇ
ଭଲପାଇଥିଲୁ, ହେଲେ ସେ ତୋତେ ଠକି ଦେଇ
ଚାଲିଗଲ ।

ମାକୁ ଜୋରରେ ଭିଦ୍ୟ ପକେଇଥିଲି ଆଉ କାନ୍ଦି କାନ୍ଦି
କହୁଥିଲି ମୋର ଭୁଲ କ'ଣ ? ପ୍ରଥମେ ଭଗବାନ ମୋ
ମାଆ କୁ ଆଉ ତାପରେ ମୋ ପ୍ରେମକୁ ଛଡେଇ ନେଲେ
।

ଛି...... ମୋ ଧନଟା ସେମିତି କହିବୁନି, ମୁଁ ପରା ତୋ
ମାଆ ଆଉ ଏମିତି କଥା କହିବୁନି । ଆସିଲୁ ମୁହଁ ହାତ
ଧୋଇ ହୋଇ ଖାଇବୁ ଆସେ ।

ନା ମୋତେ ଭୋ ନାହିନ । ତମେ ଯାଆ ମା ।
ତେବେ ତୁ ଯଦି ଖାଇବୁନି , ମୁଁ ଆଜି ଖାଇବିନି ।
ଥାଲିରେ ଭାତ ବାଢ଼ି ଆଣି ମୋ ଆଗରେ ରାଖୀ
କହିଥିଲା । ଆଜି ମୁଁ ମୋ ଧନକୁ ନିଜ ହାତରେ
ଖୁଆଇଦେବି, ପୁରା ପେଟ ପୁରେଇକି ଖୁଆଇଦେବି ।

ମାଆ , ଆଜି ମୋତେ ବହୁତ ଜୋରରେ ନିଦ ଲାଗୁଛି
। ମୁଁ ଟିକିଏ ତମ କୋଳରେ ଶୋଇବି ।

ଆ ଲୋ ମୋ ଧାନ ଆ । ଆଜି ଏ ମାର ସୌଭାଗ୍ୟ

। ତିରେ ତିରେ ମାଙ୍କ ଭଲପାଇବାରେ ଏମିତି ବାନ୍ଧି ହୋଇଗଲି, ତୁମକୁ ଭୁଲିବାକୁ ଲାଗିଥିଲି । ମାଙ୍କ ଛଡ଼ା ଏ ଦୁନିଆରେ ମୋତେ ଆଉ କେହି ଭଲପାଆନ୍ତିନି ଭାବିସାରିଥିଲି । ହେଲେ ବାପା ମୋତେ ସବୁବେଳେ କହୁଥାନ୍ତି ତୁ ତୋ ମା କଥା କ୍ଷମା ବିଶ୍ୱାସ କରଣି, ଥାରେ ତନୟାର ପରିସ୍ଥିତି ବିଷୟରେ ଜାଣିବାକୁ ଚେଷ୍ଟା କର । ସେତେବେଳେ ମୋତେ ଲାଗୁଥିଲା ବାପା ବୋଧେ ମୋ ଖୁସି ଦେଖିପାରୁନାହାନ୍ତି , ମୁଁ ଧୀରେ ଧୀରେ ତାଙ୍କୁ ଘୃଣା କରିବାକୁ ଲାଗିଲି । ହେଲେ ଏମିତି ଦିନେ ଘର ଭିତରକୁ ଶୀଘ୍ର ଆସି ଭାବୁଥିଲି ମାଙ୍କୁ ନେଇ ବୁଲିବାକୁ ଜୀବି, ହେଲେ ଘର ଭିତରୁ ଶୁଣିଲି ମା ମାଉସୀ ସହ କଥା ହେବାର ....

ମା ତମେ ଏମିତି କାହିଁକି କାଳ ମୋ ସହ? କାହିଁକି ମୋ ବିଶ୍ୱାସରେ ବିଶ ଢେଲ ।

ମୋତେ ଟିକିଏ ବୁଝିବାକୁ ଚେଷ୍ଟା କର ବାପା ।

କ'ଣ ଆଉ ବୁଝିବି ମା ? କ'ଣ ବୁଝିବାକୁ ବାକି ଅଛି । ଛି ତମରି ପାଇଁ ମୁଁ ମୋ ପବିତ୍ର ପ୍ରେମକୁ ଭୁଲ ବୁଝିଛି । ମୋ ଭଲ ପାଇବାକୁ ଭୁଲ ବୋଲି ପ୍ରକାଶିତ କରିଛି ।

ତୋତେ କ'ଣ ଲାଗିଲା ତୋ ବାପା ତୋରି ମରେ ସମସ୍ତ ଧାନ ସମ୍ପତ୍ତି କରିଦେବେ, ଆଉ ମୁଁ ଏଠି ଶାନ୍ତିରେ ରହିବି । ଶୁଣୁ ମୁଁ ତୋ ବାପଙ୍କ ହାତ ତୋ ପାଇଁ ନୁହେଁ, ଏ ସମ୍ପତ୍ତି ପାଇଁ ଧରିଥିଲି । ହେଲେ ତୋ ବାପା ସବୁକିଛି

ତୋରି ହାତକୁ ଟେକିଦେଲେ । ସେଠିପିନ ଯୋଜନା କରି ତୋତେ ଆଉ ତନୟାକୁ ମୁଁ ଅଲଗା କରିଦେଲି । ହେଲେ କାହିଁକି ମା ?

ତୁ ତାକୁ ବାହା ହେଲୀ ସବୁ ସମ୍ପତ୍ତି ତୋ ଉତ୍ତରଦାୟଦର ହୋଇଯିବ । ବରଂ ମୁଁ ଯେଉଁ ଝିଅକୁ କହିବି ତୁ ତାକୁ ହିଁ ବାହା ହେବୁ । ଆଉ ତା ସାହାର୍ଯ୍ୟରେ ମୁଁ ତୋର ସବୁ ସମ୍ପତ୍ତି ହହଟେଇ ନେଇଥାନ୍ତି ।

ଛିଆ॥ ମା ତମେ ଏ ସବୁ ସମ୍ପତ୍ତି ପାଇଁ ମୋ ସହ ଛଳନା କଲ । ମୋ ପ୍ରେମକୁ ମୋ ଠାରୁ ଦୂରେଇ ଦେଲ । ଠିକ ଅଛି ମା ରଖ ତମେ ଏ ସମ୍ପତ୍ତି ଏ ସବୁ କିଛି ତ୍ୟାଗ କରିଦେଇ ମୁଁ ଚାଲିଯାଉଛି । ଯେତେ ଇଚ୍ଛା ମନ ଭାରି ଉପଭୋଗ କର ଏ ସମ୍ପତ୍ତି ।

ଘରୁ ମା ସହ କିଛି ବତାସା ପରେ ମୁଁ ବାହାରି ଆସିଥିଲି ଆଉ ଏ ଗଛ ପାଖରେ ସେମିତି ଚାରିଦିନ ଆଖିଆ ଅପିଆ ବସିରହିଥିଲି । ଅର୍ଜୁନ ମଉସା ଆସି ମୋତ ବୁଝାଇଲେ ଏବଂ ମାଉସୀ ତାଙ୍କ ହାତରେ ମୋ ପାଇଁ ଖାଇବାକୁ ପଠେଇଥିଲେ ।

ମାଉସୀ ! ପଠେଇଥିଲେ ।

ହଁ ତନୟା, ମଉସା ହଁ ମୋ ପାଇଁ ସେ ଦୋକାନରେ କାମ ଯୋଗାଡ କରିଦେଇଛନ୍ତି । ଏକଥା ଆମେ ତିନି ଜଣ ଜାଣୁ । ତୁମକୁ ମୋ ରାନ । ଏକଥା କାହାରୀକୁ କହିବନି । ଆଉ ପାରିବ ଯଦି ମୋତେ କ୍ଷମା କରିଦେବ ।

ମୁଁ ଜାଣିଛି ପ୍ରେମ କାହା ପାଇଁ ଶୀତଳ ଚନ୍ଦନ ତ କାହା ପାଇଁ ଅସ୍ଥିର ସ୍ଫୁରଣ । ହେଲେ ମୋ ପାଇଁ ମୋ ପ୍ରେମ ସ୍ୱର୍ଗ ଆଉ ମୋ ପ୍ରେମିକ ସେ ସ୍ୱର୍ଗର ଦେବତା ହୋଇପାରେନା ଏପରି ବାକ୍ୟ କହି ମୋତେ ଖଣ୍ଡବିଖଣ୍ଡିତ କରିଦିଅନି ।

ମୁଁ ତୁମକୁ ଅଟ୍ଟହାସ୍ୟ କରୁନି ବରଂ ଯାହା କହୁଛି ସତ । ନିଜ ପ୍ରେମ ପାଇଁ ଯିଏ ନିଜ ବାପଙ୍କର ସମସ୍ତ ସମ୍ପତ୍ତିକୁ ପଦରେ ଏଡାଇ ଦେଇ ଆସିପାରନ୍ତି ସେ ତେବେ କ'ଣ ହୋଇପାରନ୍ତି ।

ମୁଁ ଭାବିସାରିଛି ପ୍ରଥମେ ନିଜେ ଗୋଡରେ ନିଜେ ଠିଆ ହୋଇବି । ତାପରେ ଯାଇ ବାପାଙ୍କୁ ସେ ନରକରୁ ଉଦ୍ଧାର କରିଆଣିବି । ବାପା ଆଉ ମୁଁ ଯାଇ ବେଣୁ ଅଙ୍କଲଙ୍କଠୁ ତମ ହାତ ମାଗିବୁ । ସେ ପର୍ଯ୍ୟନ୍ତ ତୁମକୁ ଟିକିଏ ଅପେକ୍ଷା କରିବାକୁ ପଡିବ ।

ଭଲ ପାଇବାର ଅନ୍ୟ ଏକ ନାମ ଯଦି ଅପେକ୍ଷା ହୁଏ ।ତେବେ ମୁଁ ତୁମ ଅପେକ୍ଷାରେ ଆରୁନ ।

ଏହି ସମୟରେ ଶ୍ୱେତା ପଣି ଆସି କହିଥିଲା ତନୟା ଏବେ ଯିବା । ମୁଁ ଆଉ କେତେ ଏକା ଏକା ମନ୍ଦିର ଭିତରେ ଏପଟ ସେପଟ ହେଉଥିବି ।

ଆଉ କିଛି ସମୟ ରହିଯାଅ ନା ତନୟା ।

ମୁଁ ଘରୁ କେତେବେଳୁ ବାହାରିଆସିଲିଣି, ସେପଟେ ମୋତେ ସବୁ ଖୋଜୁଥିବେ । ହଁ ଅପା ବାହାଘରର ନିମନ୍ତ୍ରଣ ରହିଲା । ନିଶ୍ଚୟ ଆସିବ ।

ମନ୍ଦିରରୁ ବାହାରି ଆସିବା ବେଳେ ଶ୍ୱେତା ପଚାରିଥିଲା

ସାଙ୍ଗ ସେଦିନ ତୁ କାହିଁକି ଆମେରିକା ଚାଲିଗଲୁ କହୁବା କଥା ଅଧା ରଖିଥିଲୁ । ପ୍ଲିଜ ସାଙ୍ଗ ଆଉ ଅପେକ୍ଷା କରିପାରିବିନି ଆଜି କହିଦେ ।

ଆମେ ଦୁହେଁ ପରସ୍ପରକୁ ଭଲପାଉ ବୋଲି ଏ କଥା ଯାଇ ଆରୁନଙ୍କ ମାନକ କାନରେ ପଡିଲା । ସେ ଏକଥା ଜାଣିବା ପରେ ତାଙ୍କ ଗୁମାସ୍ତା ହାତରେ ମୋତେ ଡକେଇ ପଠେଇଥିଲେ । ଏତେ ଦିନ ଆମେ ସାଙ୍ଗ ହେବା ଭିତରେ ମୁଁ କେବେ ବି ତାଙ୍କ ଘର ଭିତରକୁ ଯାଇନଥିଲି । ବିରାଟକାୟ ଘର ତାଙ୍କର ମହଲା ଉପରେ ମହଲା କରି ପୁରା ଚାରିମହଲା ଘର। ଗେଟ ପାଖରେ ଦୁଇ ବିଶାଳ କାୟ ଦରବାନ, ଭିତରକୁ ପଶିଗଲେ ଚାକର ବକର ସମସ୍ତେ ଖଟୁଥାନ୍ତି । ମୋତେ ଆସିବା ଦେଖି ଜେନ ଆସି ମୋତେ ଭିତରକୁ ନେଇଗଲା ତାଙ୍କ ମାଙ୍କସାମ୍ନାକୁ । ତାଙ୍କ ମା ଏକ ବଡ ଟୌକି ଉପରେ ଗୋଡ ଉପରେ ଗୋଡ ପକେଇ ବସିଥାନ୍ତି ।

ମାଉସୀ ନମସ୍କାର ।

ବସିବାକୁ ଇଷାରା କରିଥିଲେ, ଏ ଯାଉ ଟୌକିରେ ତୁ ବସିଲୁ ନା ତାହାର ଦାମ ପୁରା ଆଠ ହଜାର ଟଙ୍କା । ଟିକିଏ ବାଗେଇକି ବସିବୁ । ପାଖରେ ଗୋଟେ ଠିଆ ହୋଇଥିବା ଲୋକକୁ କିଛି ଗୋଟେ ଇସାରା କରିଥିଲେ ଆରୁନଙ୍କ ମାଆ ।

ଏବେ କ'ଣ କରୁଛୁ ?

ଇଞ୍ଜିନିୟରିଙ୍ଗ ପାଇଁ ଏଣ୍ଡ୍ରାନ୍ସଦେଇଥିଲି । ସେଥିରେ ପ୍ରଥମ

ସ୍ଥାନରେ ଆସିଛି

ସେ ଲୋକଟା ଆଣି ମୋ ଆଗରେ ଜଳଖିଆରେ ଭର୍ତ୍ତି ଏକ ସ୍ପ୍ଲେଟରେ ଆଣି ଥୋଇ ଦେଇଥିଲା । ତାଙ୍କ ମାଆ ଖାଇବାକୁ ବାଧ୍ୟ କରିଥିଲେ ହେଲେ ଯେତେବେଳେ ମୁଁ ସେଥିରୁ କିଛି ଉଠାଇ ଖାଇବା ନିମନ୍ତେ ସେତେବେଳେ ସବୁର ଦାମ କହିବାକୁ ଲାଗିଲେ, ମୁଁ ରାଗରେ ଜର୍ଜରିତ ହୋଇସାରିଥିଲି ।

ମାଉସୀ ପ୍ରକୃତରେ ଆପଣ କ'ଣ କହିବାକୁ ଚାହାନ୍ତି ?

ତୋର ଆମ ଘରର ବୋହୂ ହେବାର ଯୋଗ୍ୟତା ନାହିଁ । କହ କେତେ ପଇସା ଦରକାର ମୋ ପୁଅକୁ ଭୁଲିଯିବା ପାଇଁ । କିକି ପଇସା ଆଣି ମୋ ମୁହଁରେ ଫିଙ୍ଗି ଦେଇଥିଲେ ନେ, ଏହାକୁ ଉଠା ଆଉ ଚାଲିଜା ।

ମାଉସୀ ଆମେ ଗରିବ ହୋଇପାରୁ, ହେଲେ ଧୋକାବାଜ ନୁହଁ । ଆପଣ କ'ଣ ମୋ ପ୍ରେମକୁ ଟଙ୍କାରେ କିଣିବେ । ଯେତେ ଚେଷ୍ଟା କଲେ ବି ଆପଣ ଓ ପ୍ରେମର ମୂଲ୍ୟ ଦେଇପାରିବେଣୀ । ରଖନ୍ତୁ ଏ ପଇସା, ମୁଁ ଆସୁଛି ।

ଘରେ ସମସ୍ତେ ଏ କଥା ଜାଣିବା ପରେ ମୁଁ ପ୍ରସ୍ତୁତ ହୋଇଥିଲି ଆମେରିକା ଯିବା ନିମନ୍ତେ, ଏଣ୍ଟ୍ରାରେ କ୍ୱାଲିଫାଏ ହେବା ପରେ ସ୍କଲାରସିପ ପାଇଥିଲି ଏବଂ ସ୍ୱପ୍ନ ପୁରା କରିବା ପାଇଁ ଚାଲିଯାଇଥିଲି ଆମେରିକା । ତାପରେ.........

ଥାଉ, ମୁଁ ତୋତେ କ୍ଷମା ମାଗୁଛି, ମୁଁ ସିଡ଼ିରେ ଓହ୍ଲାଇ ଆସିବା ବେଳେ ସବୁ କଥା ଶୁଣି ସାରିଛି । କଥାରେ ଅଛି ସେତ ଭଲପାଇବା କେବେ ମରିନି ସେ କେବଳ

ଅମର ହିଁ ଅମର । ଦେଖିବୁ ତମ ପ୍ରେମ ହିଁ ଦିନେ ଅମର ହୋଇଯିବ ।

ସେଇମାନଙ୍କ ପ୍ରେମ ଅମର ହୋଇଯାଏ ଯେଉଁ ପ୍ରେମୀମାନେ ସବୁ ଚେଷ୍ଟା ପରେ ତାଙ୍କ ପ୍ରେମକୁ ହରାଇବାସନ୍ତି ।

ସରି ! ମୋ କହିବାର ମାନେ ସେଇଆ ନଥିଲା । ଇଟିସ ଓକେ !

ଘରେ ପହଞ୍ଚି ତନୟା ଦେଖିଲା ଫ୍ରେଡ ଆସି ଘରେ ପହଞ୍ଚି ସାରିଛି । ସେ ବାସ ମେଲ କରିଥିଲା ଆସିବ ବୋଲି, ହେଲେ ଆଜି ଆସିକି ପହଞ୍ଚିବ ବୋଲି ତ ମୋତେ କହିନଥିଲା ।

ସରପ୍ରାଇଜ ତନୟା ।

ଆଚ୍ଛା ତମେ ସରପ୍ରାଇଜ ଦେବ ବୋଲି ମୋତେ ଇମେଲରେ ଉତ୍ତର ଦେଲ ନାହିଁ ?

ଆଜ୍ଞା ମ୍ୟାମ !

ଆସ ଗୋଡ ହାତ ଝି ହୋଇ ଖାଇବାକୁ ବସ । ଏତେ ବାଟରୁ ଆସିଛ ଭୋକ ଲାଗିବଣି ।

ତନୟା ବାପା ସେତେବେଳେ ତନୟାକୁ ଡାକିଥିଲେ । ତନୟା..........ତନୟା..............

ଫ୍ରେଡ କେଉଁଠାରେ ରହିବେ ତାର କୌଣସି ବ୍ୟବସ୍ଥା

କରିଛନ୍ତି ।

ନା ବାପା, ସେ ଏମିତି ଆସି ହଠାତ ପହଞ୍ଚି ଯିବେ ବୋଲି ଯାଣୀ ନଥିଲି ।

ହାଉ ତେବେ, ମୁଁ ଘର ପାଖରେ ଯୁଗଳ ମଉସାଙ୍କ ଘରଟା ଖାଲି ପଡିଛି, ସେ କିଛି ଦିନ ପାଇଁ ବାହାରକୁ ଯାଇଛନ୍ତି ଏବଂ ଛବିତା ମୋ ହାତରେ ଦେଇଯାଇଛନ୍ତି ଆଉ କହିଛନ୍ତି ଦରକାର ପଡିଲେ ତମେ ଘର ବ୍ୟବହାର କରିପାରିବ । ତେବେ ସେଇଠି ଫ୍ରେଡଙ୍କର ରହିବାର ବ୍ୟବସ୍ଥା କରିଦେଉଛି ।

ଭଲ ହେଲା ବାପା, ସେଇଠି ହିଁ କରିଦିଅ ।

ଆଛା ଫ୍ରେଡ ପେଟ ପୁରା ଖାଇଲା ତ ?

ହଁ

ଏଇ ପାଖରେ ଗୋଟେ ଘର ଅଛି ତମ ପାଇଁ ସେଇଠି ରହିବାର ବନ୍ଦୋବସ୍ତ କରାଯାଇଛି । ତମେ ସେଇଠି ଆରାମରେ ରହିବ । ଆଉ ଯାହା ଯାହା ତମର ଦରକାର ପଡିବ ଏଇଠୁ ଆସି ନେଇଯାଇପାରିବ ।

ଯଦି ତମର ଆବଶ୍ୟକତା ପଡେ, ତେବେ ତୁମକୁ ଆସି ନେଇଯାଇପାରିବି ତ ?

ପୁଣି ଠାରେ ତମର ସେ ବେକାର କଥା ଚଳ ସେଇଠି ତୁମକୁ ଛାଡିଦେଇ ଆସିବି ।

ଏହା ଭିତରେ ନୟନା ନାହାଘରର ପ୍ରସ୍ତୁତି ଚାଲିଥାଏ, ସମସ୍ତେ ସମସ୍ତଙ୍କ କାମକୁ ନେଇ ବ୍ୟସ୍ତ । ଫ୍ରେଡ ମଧ ବେଣୁଧରଙ୍କ ବହୁତ ସାହାଯ୍ୟ କରୁଥାଏ । ସେଥିପାଇଁ

କେବଳ ତାରି ପ୍ରଶଂସା ହିନ ବେଣୁଧର ପାଟିରୁ ବାହାରୁଥାଏ ।

ଦେଖ ପିଲାଟା ଆମେରିକାରେ ରହି ମଧ ଏ ଓଡ଼ିଶା ମାଟିର ସଂସ୍କାର ଭୁଲିନି, ଏମିତି ଯେ ପିଲାଟିଏ ହେବ ।

ହଁ ବାପା ତମେ ଠିକ କହିଛ । ଫ୍ରେଡଙ୍କ ପାଇଁ ମୁଁ ଆମେରିକାରେ ଏତେ ବାସର୍ଦ କାଟିପାରିଛି । ସେଠି କିଛି ଅସୁବିଧା ହେବାକୁ ଦେଇନାହାନ୍ତି । ଅସୁବିଧାରେ ପଡ଼ି ଫ୍ରେଡ ଡାକିବା ପୂର୍ବରୁ ଆସି ମୋ ପାଖରେ ପହଞ୍ଚି ଯାଇଥାନ୍ତି । ଏମିତିକି ତାଙ୍କ ପରିବାର ଅଙ୍କଲ, ଆଣ୍ଟି ସମସେ ବହୁତ ଭଲ । ମୋର ପୁରା ପରିବାରର ଏକ ସଦସ୍ୟ ଭାବରେ ଯତ୍ନ ନିଅନ୍ତି ।

ଏମିତି ପିଲାଟେ ମୋର ଜ୍ୱାଇଁ ଭାବରେ ଦରକାର !

ଏକଥା ଶୁଣି ତନୟାର ଛାତିଟା ଚାଉଁ କରିଥିଲା । ଏ କ'ଣ କହିଯାଉଛନ୍ତି ବାପା । ଫ୍ରେଡକୁ ସେ ଭଲ ବନ୍ଧୁ ଛଡ଼ା କୌଣସି ଦିନ ଅନ୍ୟ କିଛି ତା ମୁଣ୍ଡକୁ ଆସିନି । ତା ଛଡ଼ା ଏ ବର୍ଷ ହେଲା ଯାହା ପାଇଁ ତପସ୍ୟା କରୁଛି, ଏ ମାନତାକୁ ଯାହାକୁ ସେ ଦେଇଛି ସେ କେବଳ ହଁ କେବଳ ତା ମନର ମଣିଷ ଆରୁନ । ଆରୁନଙ୍କ ଛଡ଼ା ଏ ଅଧିକାର ସେ ଆଉ କାହାକୁ ଦେଇପାରିବନି । ଭଗବାନ କରନ୍ତୁ ଶୀଘ୍ର ଆରୁ ନିଜ ଗୋଡରେ ନିଜେ ଠିଆ ହୁଅନ୍ତୁ ଏବଂ ତା ବାପଙ୍କୁ ତା ହାତ ମାଗିବାକୁ ଆସନ୍ତୁ ।

ଆପଣ ଠିକ କହିଛନ୍ତି ବାବୁ । ସେପଟୁ ଅର୍ଜୁନ ମଉସା ଆସି କହିଥିଲେ । ଏମିତି ପିଲାଟେକୁ ଜ୍ୱାଇଁ ରୂପରେ

ପାଇବା ଭାଗ୍ୟ । ଆମ ତନୟା ସାଙ୍ଗରେ ଯୋଡିଟା ଦେଶ ମଣିବ । ଏମିତିରେ ଦୁହେଁ ମଧ ଆମେରିକାରେ ଏକାଠି ରହି ପରସ୍ପରକୁ ଭଲଭାବରେ ଜାଣିଛନ୍ତି ମଧ ।

ତମେ ମାନେ ମନେ ମନେ ଏତି କହିଦେଲ । ଆଉ ସବୁ ଠିକ ହୋଇଗଲା । କାଦମ୍ବିନୀ ମାଉସୀ ମଝିରେ ଅଣି ଆସି କହିଥିଲେ। ସବୁ ପୂର୍ବରୁ ପ୍ରଥମେ ଉଭୟ ପୁଅଝିଅଙ୍କ ମତ ନେବା ଦରକାର । ସେମାନେ କ'ଣ ଚାହାନ୍ତି । ସେ ସବୁ କଥା ମଧ ପଛେ....... ଆଗେ ନୟନା ବାହାଘର ଭଲରେ ହେଉ ।

ତମେ ଠିକ କହିଛ କାଦମ୍ବିନୀ । ମୁଁ ବି କେଉଁଠି ଆଣି କେଉଁ କଥା କହୁଛି ଅର୍ଜୁନ ମଉସା କହିଥିଲେ । ଯଦି ସମ୍ଭବ ହୁଏ । ତେବେ ନୟନା ବାହାଘର ପରେ ଉଭୟଙ୍କ ମତ ନେଇ ମୁଁ ଏ ଶୁଭ କାର୍ଯ୍ୟରେ ଶୁଭାରମ୍ଭ କରିବି । ରୋକ ଠୋକ କରି ଚାଲିଯାଇଥିଲେ ବେଣୁବାବୁ । ଅର୍ଜୁନ ମଧ ତାଙ୍କ ପଛେ ପଛେ । ତନୟା ତା ମାଉସୀ ପାଖକୁ ଟିକିଏ ଘୁଞ୍ଚିଆସି କହିଥିଲା ମାଉସୀ ! ବାପା ଏ ସବୁ କ'ଣ କହିଯାଉଛନ୍ତି ? ଆରୁନଙ୍କ ବିନା ମୁଁ କାହା ବିଷୟରେ କେବେ ବି ଭାବିନି?

ତୁ ଚିନ୍ତା କରନୁ, ସେମିତି କିଛି ହବନି । ହେଲେ ତୋତେ ସବୁ କଥା ଫ୍ରେଡକୁ କହିବାକୁ ପଡିବ । ବାବୁ ତା ସହ କଥା ହେବା ପୂର୍ବରୁ ।

ଠିକ ଅଛି ମାଉସୀ, କେତେବେଳେ ସୁବିଧା ଦେଖି ମୁଁ

ତାଙ୍କୁ ଏକଥା କହିଦେବି ।

ଏବେ ଆଉ ଜମା ଚିନ୍ତା କରଣି । ବାହାଘର ଆନନ୍ଦ ଉଠା ।

ଏପଟେ ମଧ ଆରୁନ ଜୋରସୋରରେ ନିଜ କାମରେ ମନ ଦେଇ ସକାଳୁ ସନ୍ଧ୍ୟା ଯାଏଁ ଖଟି ଚାଲିଥାଏ । ନିଜ ସ୍ୱପ୍ନର ରଙ୍ଗ ମହଲ ତୋଳିବା ନିମନ୍ତେ ପ୍ରଥଭ୍ରାନ୍ତ ହୋଇ ଅହରହ ଦୌଡିଥାଏ । ଏଇ ବୋଧେ ପ୍ରେମର ସଂଜ୍ଞା ଜଣଙ୍କ ପାଇଁ ଅନ୍ୟଜଣଙ୍କର ବଲିଦାନ । ଜଣେ ଜଣଙ୍କ ପାଇଁ ନିଜର ରାଜା ଭଲି ପଦବୀ ଛାଡି ଅନ୍ୟଜଣଙ୍କ ପାଖରେ କଟୁଆଲ ସାଜିଛି । ଅନ୍ୟ ଜଣେ ଅହରହ କେବଳ ତପସ୍ୟା କରିଚାଲିଛି ।

ଫ୍ରେଡ, ତନୟା ଏବଂ ଶ୍ୱେତା ତିନି ସାଙ୍ଗ ମିଶି ସନ୍ଧ୍ୟାରେ ଚାହା ପକୁଡି ସହ ଗପାର ଆସର ଜମେଇଥିଲେ ।

ଆଚ୍ଛା ତନୟା ତମେ ତ ସାଙ୍ଗ ସହ ମୋତେ ପରିଚିତ କରାଇନ ?

ସମୟର ଅଭାବ ଭାବିନୀଆ ।

ଏଇ ହେଉଛି ମୋ ପିଲାବେଳର ସାଙ୍ଗ ଶ୍ୱେତା, କ୍ଷୀର ନୀରର ସମ୍ପର୍କ କହିଲେ ଚାଲିବ । ଯେମିତି କ୍ଷୀରରୁ ପାଣିକୁ ଅଲଗା କରାଯାଇପାରିବନି, ସେମିତି ଆମ ଦୁଇଜଣଙ୍କ ସମ୍ପର୍କ ।

ତାହେଲେ ସେ ତ ମୋତେ ଭଲ ଭାବରେ ଜାଣିଥିବେ, ମୋର ପରିହୟ ଦେବାକୁ ପଡିବନି ।

ଜାଣିଛି ମୁଁ, ତନୟା ସବୁବେଳେ ତମରି ନାମ ହିଁ ଯାପ୍ୟ

ଯାଯ୍ୟ ପ୍ରଶଂସା କରୁଥାଏ ।

ଗୁଡ ! ୟୁ ୟାର ଭେରୀ ଫାଷ୍ଟ ।

ଆଚ୍ଛା ତନୟା ତମେ ପୁଣିଥରେ ଆମେରିକା ଫେରିଚାଲ,

ସେଇଠି ନିଜ ପାଇଁ ଚାକିରି ଯୋଗାଡ କରିବ ।

ୟମା ନୁହେଁ, ସେ ମୋ ସହ ଯାଇ ବାଙ୍ଗାଲୋରରେ

ରହିବ ।

ଷ୍ଟପ ! କେହି କାହା ସହ ମାଡ ହେବ ଦରକାର ନାହିଁ

। ମୁଁ ଏଇଠି ରହିବି ମୋ ଓଡିଶାରେ, ମୋ ବାପାଙ୍କ

ପାଖରେ । କାରଣ ମୋ ଓଡିଶା ମହାନ !

ସକାଳ ପାହିଲେ ନୟନାର ବାହାଘର ଏବେ ସେ ଏ ଘର

ଛାଡିଦେଇ ଅନ୍ୟଜଣଙ୍କ ଘରର ସଦସ୍ୟ ଭାବରେ ପରିଚିତ

ହେବ ।

ମାଉସୀ, ତମ ମାନଙ୍କୁ ଛାଡି ଯିବାକୁ ଇଚ୍ଛା ହେଉନି।

ଖାସ କରି ମୋ ବାପକୁ ।

ଏଇଟା ତ ସଂସାର ନିୟମ ଝିଅ ଜନମ ପର ଘରକୁ ।

ସବୁ ଝିଅଙ୍କୁ ଦିନେ ନା ଦିନେ ଯିବାକୁ ପଡିବ ।

ମାଉସୀ ମୋତେ କଥା ଦିଅ । ତମେ ତନୟାର ପାଖେ

ପାଖେ ସବୁବେଳେ ଥିବ । ତାହାର କୌଣସି ଅସୁବିଧା

ହେବାକୁ ଦେବନି ।

ତୁ ଚିନ୍ତା ମୁକ୍ତ ହଅ । ମୁଁ ତାର ଯତ୍ନ ନେବି ।

ଯଥା ରୀତିନୀତି ଅନୁଯାୟୀ ବାହାଘର କାମ ଚାଲୁଥାଏ ।

ଶ୍ୱେତା, ତନୟା ଓ ଫ୍ରେଡ ନିଜ ନିଜର କାର୍ଯ୍ୟ ସମ୍ପାଦନ

କରୁଥାଏ । ବାହାଘର ଭୋଜିକୁ ତନୟା ଆରୁନଙ୍କୁ ମଧ ନିମନ୍ତ୍ରଣ କରିଥାଏ ।

ଆରୁନଙ୍କୁ ଦେଖି ବେଣୁବାବୁ ଜୋର କରି ତନୟାକୁ ଡ଼ାକିଥିଲେ ତନୟାକୁ ତାକୁ ନିମନ୍ତ୍ରଣ କରିଛୁ ?

ହଁ ବାପା, ସେ ଭୋଜି ଖାଇ ଚାଲିଯିବେ ।

ଠିକ ସେତିକିବେଳେ ଅର୍ଜୁନ ଆସି ବେଣୁବାବଉଙ୍କୁ ଡାକି ନେଇଥିଲେ ବାବୁ ଏଠି କ'ଣ କରୁଛ ? ସେପଟେ ବରଘର ଲୋକ ଗାଁ ମୁଣ୍ଡରେ ଆସି ପହଞ୍ଚିଲେଣି ।

ବଞ୍ଚିଗଲା ମଣିଷ। ହଠାତ ତନୟାର ହାତ ଧରି କିଏ ଜଣେ ତାକୁ ପଚାରୁ ଟାଣିନେଇଥିଲା ।

ତମେ ! ମୁଁ ତ ପୁରା ପୁରୀ ଦରିଯାଇଥିଲି ।

ମୋ ଛଡ଼ା ଏ ସାହସ କିଏ କରିପାରିବ ।

ହେଲେ ଏମିତି ଏଇଠିକି କାହିଁକି ଡାକି ଆଣିଲ?

ଏ ଲୋକ ଭିଡ ଭିତରେ ମୁଁ ତୁମକୁ ଭଲରେ ଟିକିଏ ଦେଖିପାରୁନଥିଲି ।

କେବଳ ଦେଖିବାକୁ ଏଠିକି ଡାକିଆଣିଥିଲି ।

ହଁ କେବଳ ମନ କରି ଟିକିଏ ପେଟ ପୁରାଇକି ଦେଖିବୀ ।

ମୋତେ ଦେଖିକି ଯଦି ପେଟ ପୁରିଯିବ, ତେବେ ଭୋଜି ଆଉ ଖାଇପାରିବନି ।

ତମର ସବୁବେଳେ ସେ ଥଟ୍ଟା କରିବା ଗଲାଣି ।

ଦୁହେଁ ଆଖିରେ ଆଖି ମିଶାଇ ସେମିତି ଠିଆ ହୋଇରହିଥାନ୍ତି । ଏବେ ଛାଡ ମୋତେ, ଯଦି କିଏ ଆସି

ଦେଖିନେବ, ତେବେ କଥାଟା ବାହାରକୁ ସୁନ୍ଦର ଦିଶିବାଣୀ। ହଁ ଖାଇକି ହୋଇବ ।

ବର ଆସି ଘରେ ପହଞ୍ଚିଥିଲା । ବାହାଘର କାମ ସାରିବା ପରେ ସମସ୍ତେ ଲୁହଭରା ଆଖିରେ ଝିଅ ଏବଂ ଜ୍ବାଇଁଙ୍କୁ ବିଦାୟ ଦେଇଥିଲେ ।

(ଗ)

ରାତିର ନିର୍ଜନତାରେ ଦିକି ଦିକି ହୋଇ ଜଳୁଥିବା ସେ ଆଲୁଅର ଛିଟାରେ କୁଆଡେ ପ୍ରେମର ରଙ୍ଗଟା ଆହୁରି ଗାଢ ହୋଇଯାଏ । ସମସ୍ତେ ଶୋଇସାରିବା ପରେ ଆମରେନ୍ଦ୍ର ପଶିଥିଲେ ନୟନାର କକ୍ଷରେ । ନୟନା ସଙ୍ଗେ ସଙ୍ଗେ ଖଟରୁ ଉଠିପଡି ଅମରେନ୍ଦ୍ରଙ୍କ ପାଦସ୍ପର୍ଶ କରିଥିଲା ।

ତାକୁ ତଳୁ ସାଉଁଟି ନେଇ ଧରିପକେଇଥିଲେ ଅମରେନ୍ଦ୍ର ଥାଉଁ ଥାଉଁ ।

ଏମିତି କ'ଣ ଚାହିଁଛ ଯେ ?

ଦେଖୁଛି ଅପେକ୍ଷାର ଫଳକୁ !

ଅପେକ୍ଷାର ଫଳ !

ହଁ, ସମସ୍ତେ କୁହନ୍ତି ଅପେକ୍ଷାର ଫଳ ମିଠା ହୁଏ । ତାହା ଆଜି ମୁଁ ନିଜ ଆଖି ସାମ୍ନାରେ ଦେଖୁଛି । ଏଇ ପ୍ରେମକୁ ପାଇବା ଲାଗି ବର୍ଷ ବର୍ଷ ଅପେକ୍ଷାର ତପସ୍ୟା ଆଜି ପୂର୍ଣ୍ଣ ହୋଇଛି ।

ଏ ଅଭାଗିନୀକୁ ଭାଗ୍ୟବତୀ କରିଥିବା ଦେବତା ତମେ । ଯମାରୁ ନୁହେଁ ବରଂ କୁହ ଏ ଭଲି ଭାଗ୍ୟବତୀକୁ ପତ୍ନୀ

ରୂପରେ ପାଇବା ହେଉଛି ମୋ ଭାଗ୍ୟ ।
ଆରେ............... ଆରେ ଏମିତି ମୁହଁ ଶୁଖେଇ
ଦେଲ ଯେ ?

ଆମେ ଆମ ପ୍ରେମକୁ ଅପେକ୍ଷା ପରେ ମଧ ଉପଭୋଗ
କରିପାରିଲେ, ହେଲେ ତନୟାର କଥା ଭାବିଲେ ଚିନ୍ତା
ଲାଗୁଛି । ଦୁହେଁ ବହୁ ଅର୍ଶ ହେଲା ନିଜ ପ୍ରେମକୁ ନେଇ
ସଂଘର୍ଷ ଜାରି ରଖୁଛନ୍ତି ।

ପ୍ରେମର ପରିଣାମକୁ ଭଲ ହେବ କି ଖରାପ ହେବ ଏ
ସବୁ ଭାବି ଯଦି ପ୍ରେମ କରିବା ଛାଡ଼ିଦେବା ତେବେ
ପ୍ରେମର ଅସମ୍ମାନ ହେବ ।

ହେଲେ ଆଜି ରାତିଟା ଆମେ ଏମିତି କ'ଣ ଏ କଥାରେ
ସାରିଦେବା କି ?

ଅକ୍ସ କି ହସିଦେଇଥିଲା ନୟନା ଏବଂ ଦୁହେଁ ଦୁହିଁଙ୍କୁ
ଗଭୀର ଆଲିଙ୍ଗନ ସହ ରାତ୍ରିର ଗାଢ଼ ଅନ୍ଧାରରେ ମିଶି
ଯାଇଥିଲେ ।

ଆରୁନ ବହୁ ପରିଶ୍ରମ ପରେ କିଛି ପଇସା ଯୋଗାଢ଼
କରିସାରିଥିଲା । ନିଜର ଏକ ଛୋଟ ଦୋକାନଟିଏ
ଖୋଲିବା ପାଇଁ ସହରରେ ଏକ ଭଙ୍ଗା ଦୋକାନଟିଏ
କିଣିଛି, ତାକୁ ପ୍ରଥମେ ରିପ୍ୟାରିଙ୍ଗ କରିବାକୁ କିଛି
ଲୋକଙ୍କୁ କାମ ଦେଇସାରିଛି । ବାସ ଏ ଦୋକାନଟା
ହୋଇଯାଉ ପ୍ରଥମେ ଯାଇ ବାପାଙ୍କୁ ଦେଖାକରି ଆସିବି ।
ବହୁତ ଦିନ ହେବ ଛାଡ଼ି ଆସିଛି ଯେ, ତାଙ୍କୁ ଦେଖିବାକୁ
ଏ ଆଖିଟା ଖାଲି ଛଟପଟ ହେଉଛି । ଆରୁନ ଏତେ

ଦିନ ତ ଧାର୍ଯ୍ୟ ଧରିଲୁଣି ଆଉ କିଛି ଦିନ ଟିକିଏ ଅପେକ୍ଷା କରିଯା କହି ନିଜ ମନକୁ ବୁଝେଇଥିଲା ଆରୁନ ।

ସମସ୍ତେ ଏକାଠି ଖାଇ ବସିଥାନ୍ତି, କାଦମ୍ବିନୀ ମାଉସୀ ସମସ୍ତଙ୍କୁ ବାଢ଼ି ଦେଉଥାନ୍ତି ।

ଯାହା କୁହନ୍ତୁ, ଆଣ୍ଟି ! ଆପଣଙ୍କ ହାତରଣ୍ଧା ଖାଇବା ଦିନୁ ଓଡ଼ିଶା ଛାଡ଼ି ଆମେରିକା ଯିବାକୁ ଇଚ୍ଛା ହେଉନି ।

ତାହେଲେ ରହିଯାଉନ ଓଡ଼ିଶାରେ, ଏଠି ଚାଷ ବାସ କରି ଜୀବିକା ନିର୍ବାହ କରିବ, ତାଚ୍ଛଲ୍ୟରେ ଶ୍ୱେତା କହିଥିଲା । ତେବେ ମୁଁ ଯଦି ଚାଷ କରେ, ତମେ ତ ଆଇଟି କମ୍ପାନୀ ଛାଡ଼ି ଯଦି ବିଲରେ ମୁଲିଆଣୀ ହେବ ତେବେ ଚାଲିବ............. (ସମସ୍ତେ ହୋ.......ହୋ...... ହସରେ ଫଟି ପଡ଼ିଥିଲା)

ଆଚ୍ଛା ବାବା ତମ ପରିବାରରେ କିଏ କିଏ ଅଛନ୍ତି ? ବେଣୁ ମାଉସା ପଚାରିଥିଲେ ।

ଅଙ୍କଲ ଆପଣଙ୍କ ଭଲି ଛୋଟ ପରିବାରଟିଏ ମମି, ଡ୍ୟାଡି ଓ ଛୋଟ ଭାଇ ଏବଂ ମୁଁ ।

ବାପା କ'ଣ କରନ୍ତି ?

ବାପା ହେଉଛନ୍ତି ଆମେରିକାର ବୈଷୟିକ ବିଭାଗର ଏକ ଦକ୍ଷ ଅଫିସର ମାନେ ଆଇଟି ଏକ୍ସପଟ । ସ୍ଟିଥେନ ରଏ ।

ଓ୍ୱାଟ ! ସ୍ଟିଥେନ ରଏ ତମ ବାପା ଫ୍ରେଡ ।

ୟେସ । ଆଇ ଆମ ବିଗ ଫ୍ୟାନ ଅଫ ହିମ । ହି ଇଜ ଏ ଗୁଡ଼ ଏକ୍ସପଟର ।

ତମେ ଆମେରିକାରେ କ'ଣ କର ?

ବାପା, ସେ କଲେଜରେ ପ୍ରଫେସର ଅଟନ୍ତି । ଫ୍ରେଡ଼ଙ୍କ ସହ ପରିଚିତ ହେବା ପରେ ମୁଁ ଜାଣିବାକୁ ପାଇଥିଲି ସେ ଆମ ପ୍ରଫେସର ଏବଂ ସେ ହିନ କଲେଜ ହଷ୍ଟେଲର ସୁବିଧା କରିଦେଇଥିଲେ । ସବୁବେଳେ ଫ୍ରେଡ଼ ଫ୍ରେଣ୍ଡ ବୋଲି ପରିଚିତ ଦେଉଥାନ୍ତି କିନ୍ତୁ ଯେତେବେଳେ ପରୀକ୍ଷା ଆସେ ସେତେବେଳେ ପ୍ରଫେସର ହୋଇଯାନ୍ତି ।

ବନ୍ଧୁତା ତା ଯାଗାରେ କର୍ମ ତା ଯାଗାରେ ।

ଦ୍ୟାଟସ ରାଇଟ ଅଙ୍କଲ । ମୁଁ ଏକଥା ସବୁବେଳେ ତନ୍ୟାକୁ କୁହେ ।

ଆଛା ବାବା ବାହାଘରକୁ ନେଇ ତମ ଧାରଣା କ'ଣ ? ଆମେରିକାର ଝିଅ ପସନ୍ଦ ନା ଭାରତୀୟ ଝିଅ ପସନ୍ଦ ?

ସେମିତି କିଛି ଭାବିନୀ ଏ ଯାଏଁ ଅଙ୍କଲ । କିନ୍ତୁ ଆମେରିକା ଠାରୁ ଭାରତୀୟ ମୋର ବେଣୀ ପସନ୍ଦ ।

ଆମେରିକାରେ ରହିଲେ ବି ଏ ରକ୍ତ କିନ୍ତୁ ଭାରତୀୟ । ମେରି ଭରତ ମହାନ ।

ସମସ୍ତେ ଖାଇପିଇ ସାରି ହାତ ମୁହଁ ଧୋଆ ଧୋଇ ଏକାଠି ବସିଥିଲେ ।

ଅଙ୍କଲ, କାଲୀ ରାତିର ଟିକେଟ ବୁକ ହୋଇସାରିଛି, ମୁଁ ଚାଲିଯିବି ।

ଏତେ ଶୀଘ୍ର ଚାଲିଯିବ, ଆଉ କିଛିଦିନ ରହିଲେ ହୁଆନ୍ତାନି

।

ବହୁତ କଷ୍ଟରେ, ତନୟାର ମନ ରଖିବାକୁ ଛୁଟି ନେଇ ଚାଲିଆସିଥିଲି ।

ଆଚ୍ଛା ବାବା, ମୋର ତୁମକୁ ଗୋଟେ କଥା କହିବାର ଥିଲା ।

ନିଶ୍ଚୟ ଅଙ୍କଲ, ନିଜର ଭାବି ଆପଣ ବିଆ ଚିନ୍ତାରେ ମୋତେ ସବୁ କିଛି କହିପାରିବେ ।

ତମେ ତ ତନୟାକୁ ଜାଣିଛ, ତ ସାଙ୍ଗରେ ମିଶିଛ, ଅଧିକା ମୁଁ ଆଉ କ'ଣ କହିବି। ଏତିକି ମୋ ଅନୁରୋଧ ତମେ ଯଦି ତାକୁ ଗ୍ରହଣ କର ବାବା ।

ଅଙ୍କଲ ଏ ତ ବହୁତ ସୌଭାଗ୍ୟର କଥା ମୋ ପାଇଁ । ଏମିତି ହେଲେ ମୁଁ ତ ନିଜକୁ ଭାଗ୍ୟବାନ ମାନେ କରିବି । ହେଲେ ଆପଣ ଠାରେ ତନୟାକୁ ପଚାରନ୍ତୁ । ତାଙ୍କର ଏ ବାହାଘରରେ ସମ୍ମତି ଅଛି କି ନାହିଁ ।

ତମେ ନିଶ୍ଚିତରେ ରୁହ, ସେ ମୋ ଝିଅ ମୁଁ ଜାଣେ ସେ ମୋ କଥାରୁ କେବେ ଓହରି ଯିବନି । ତମେ ତ ବାପା ଏବଂ ମାଆଙ୍କୁ ଖବର ପଠାଅ ସେମାନେ ଆସି ଓଡ଼ିଶାରେ ପହଞ୍ଚିବେ । ଏଇ ଦିନେ, ଦୁଇଦିନ ଭିତରେ ମୁଦି ପିନ୍ଧା ସାରିଦେଲେ ତମେ ଆମେରିକା ଚାଲିଯିବ ।

ଠିକ ଅଛି ଅଙ୍କଲ ।

ଏହି ସମୟରେ ଶ୍ୱେତା ପଶିଆସି କହିଥିଲା ମଉସା କାଲୀ ସକାଳେ ଫ୍ଲାଇଟରେ ଚାଲିଯିବି ।

ନା ମା..... ତୋତେ ବେଣୀ ନୁହେଁ ଆଉ ଦୁଇଦିନ

ରହିବାକୁ ପଡ଼ିବ ।

ହେଲେ କାହିଁକି ମଉସା ?

ବେଣୁଧର ସମସ୍ତଙ୍କୁ ପାଟିକରି ଡ଼ାକିଥିଲେ କାଦମ୍ବିନୀ, ଅର୍ଜୁନ ସମସ୍ତେ ଏଠିକି ଆସ ।

କ'ଣ ହେଲା ବାବୁ ?

ସମସ୍ତଙ୍କୁ ଗୋଟେ ଖୁସି ଖବର ଶୁଣାଇବାର ଅଛି ।

ଖୁସି ଖବର ।

ହଁ, ଅର୍ଜୁନ, ମୁଁ ତନୟାର ବାହାଘର ଗୋଟେ ଭଲ ପିଲା ଦେଖି ଠିକ କରିସାରିଛି ।

ବାହାଘର ! ଏତିକି କହି ଶ୍ୱେତାଲୀନ ଓ ତନୟା ପରସ୍ପର ମୁହଁକୁ ଚାହୁଁଥିଲେ ।

ହଁ, ଆଉ ମୁଁ ତା ବାହାଘର , ତା ସାଙ୍ଗ ଫ୍ରେଡ ସହ ଠିକ କରିସାରିଛି ।

ଆରେ ବାଃ, କହି ଅର୍ଜୁନ ବେଣୁଧରକୁ କୁଣ୍ଢେଇ ପକେଇଥିଲା । ବେଣୁଧର ତନୟା ପାଖକୁ ଚାଲିଆସି ତା ମୁଣ୍ଡରେ ହାତ ବୁଲାଇ ଆଣି କହିଥିଲେ । ମୁଁ ଜାଣେ ମା ତୁ ମୋ ନିଷ୍ପତ୍ତିରେ କେବେ ପ୍ରତିବାଦ କରିବୁନି । ତୋ ଭବିଷ୍ୟତ ମଙ୍ଗଳ ଚିନ୍ତା କରି ମୁଁ ଏ ନିଷ୍ପତ୍ତି ନେଇଛି ।

ଶ୍ୱେତା ତନୟାକୁ ଟାଣିନେଇ କହିଥିଲା । ଏ ସବୁ କ'ଣ ହେଉଛି ? ମୁ ମାଉସୀଙ୍କୁ କାହିଁକି ସବୁ ସତ କଥା କହି ଦେଉନୁ ।

କ'ଣ କରିବି ? ତୁ ଦେଖିଲୁଣି ତାଙ୍କ ଆଖିରେ ସେ ଖୁସି

। ମା ଚାଲିଯିବା ପର ଠାରୁ ସେ କେବେ ବି ତାର ଅଭାବ ହେବାକୁ ଦେଇନାହାନ୍ତି ବରଂ କଷ୍ଟ କରି ମୋତେ ପାଠ ପଢ଼ିବାକୁ ଆମେରିକା ପଠାଇ ମୋ ସ୍ୱପ୍ନ ପୁରା କରିଛନ୍ତି । ତାଙ୍କ ଖୁସିକୁ ମୁଁ ଭାଙ୍ଗି ଦେଇପାରିବିନି । ଆଉ ତୋ ଭଲ ପାଇବା, ଯାହା ପାଇଁ ଏତେ ବର୍ଷ ହେଲା ଅପେକ୍ଷା କରିଛୁ ? ସେ କଥା ଛଡ଼େ, ଆରୁନ ଭାଇ ତାଙ୍କୁ କ'ଣ ଜବାବ ଦେବୁ । ଏବେ ସେ ତାଙ୍କ ମା ଆଗରେ କେମିତି ମୁହଁ ଦେଖେଇବେ, ସେ ଠିକ ଆଉ ଭାଇ ଭୁଲ ବୋଲି ପ୍ରମାଣିତ ହୋଇଯିବ ।
ମୁଁ ସେ କଥା କିଛି ଜାଣେନି !ସେ କାନ୍ଦି କାନ୍ଦି କହିଥିଲା ତନୟା ।
କାଦମ୍ବିନୀ ଯାହା ଦେବାର ଅଛି ଶୀଘ୍ର ଶୀଘ୍ର ପ୍ରସ୍ତୁତ କର, ନୟନା ଘରୁ ଆସିଲେ ପୁଣି ବହୁତ କାମ ।
ଅଙ୍କଲ ଆପଣଙ୍କ ସହ ମୋର କିଛି କଥା ଥିଲା ।
ହଁ ବାବା କୁହ ।
ବାପା ତାଙ୍କ କାମରେ ବାହାରକୁ ଯାଇଛନ୍ତି । ମାମା ଏବଂ ଭାଇ ଘରେ ଏକା ଅଛନ୍ତି । ସେମାନେ ଆସିପାରିବେ ନାହିଁ କିନ୍ତୁ ସମସ୍ତେ ସମ୍ମତି ପ୍ରକାଶ କରିଛନ୍ତି । ସନ୍ଧ୍ୟାରେ ଆପଣଙ୍କ ସହ ବାପା କଥା ହେବେ ବୋଲି କହୁଛନ୍ତି ?
ନିଶ୍ଚୟ ବାବା ।
ଏଇ ନିଅ ବାବୁ, ଏଇଥିରେ ସବୁ ନୟନାର ମନପସନ୍ଦ ଖାଇବା ଦେଇଛି । ଝିଅ, ଡ୍ରାଇଙ୍କୁ ଡାକି ଆସିବ । ସମୁଦିକୁ କହିଦେଇଥିବ ଆସିଲେ ଦିନେ କି ଦୁଇଦିନ

ରହିଥିବ ।

ତମର ଯଉ କଥା କାଦମ୍ବିନୀ । ସେ ଏବେ ତାଙ୍କ ଘରର ବୋହୂ ସବୁ କିଛି ତାଙ୍କରି ଇଚ୍ଛା ଉପରେ ନିର୍ଭର କରେ ।

(୯)

ସମୁଦି ଘରେ ଅଛନ୍ତି ? ହୋ ସମୁଦି ଘରେ ଅଛନ୍ତି କି ?

କିଏ ? କିଏ ଡାକୁଛ ହୋ ?

ଆରେ ସମୁଦୀ ତମେ । ଆସନ୍ତୁ ଘରକୁ ଆସନ୍ତୁ କହି ସୁଗନ୍ଧା ଦେବୀ ଟାଣି ଟାଣି ଭିତରକୁ ନେଇଥିଲେ ।

ଆରେ ମା ନୟନା........ ଦେଖୁବୁ ଆସେ କିଏ ଆସିଛନ୍ତି ?

ବାପା ! ତମେ କେତେବେଳେ ଆସିଲ ?

ଏବେ ଆସିଲିରେ ମା ।

କେମିତି ଅଛ ବାପା ? ଘରେ ସମସ୍ତେ କେମିତି ଅଛନ୍ତି ?

ସମସ୍ତେ ଭଲରେ ଅଛନ୍ତି ?

ଅମରେନ୍ଦ୍ର ଘରେ ନାହାନ୍ତି କି ?

ଏଇ ଏବେ ଏବେ ତ ଦୋକାନ ଖୋଲିବେ ବୋଲି ବାପାଙ୍କ ସହ ବାହାରି ଗଲେ ।

ସମୁଦି ଆସିଛନ୍ତି ମାନେ ଖାଇପିଇ ଯିବେ ।

ନାହିଁ, ସମୁଦୁଣୀ ବେଳ ନାହିଁ, ଆଉ କେବେ ଆସିଲେ ।

ମା ଲୋ ତୋତେ ଗୋଟେ ଖୁସି ଖବର ଦେଇ ଚାଲିଯିବି

।

ଖୁସି ଖବର ।

ହଁ ମା, ତନୟା ର ବାହାଘର ମୁଁ ତ ଆମେରିକା ସାଙ୍ଗ ଫ୍ରେଡ ସହ ଠିକ କରିସାରିଛି । ଫ୍ରେଡ ଆମେରିକା ଚାଲିଯିବା ପୂର୍ବରୁ ଭାବୁଛି ମୁଦି ପିନ୍ଧା କାମଟା ସାରିଦେବି । ସେଥିଲାଗି ସମସ୍ତଙ୍କୁ ନିମନ୍ତ୍ରଣ ରହିଲା , ନିଶ୍ଚୟ ସମସ୍ତେ ଆସିବେ ।

ତନୟା କ'ଣ ଏଥିରେ ତାର ସମ୍ମତି ପ୍ରକାଶ କରିଛି ?

ମୋ ସମ୍ମତି ସହ ସେ ହଁ ଭରିଛି ।

ହେଲେ ଥରୁଟେ ତାର ମତ ତୁମକୁ ପଚାରିବାର ଥିଲା ବାପା ।

ମୁଁ ଜାଣେ ସେ ମୋ କଥାରୁ କେବେ ଓହରି ଜୀବନୀ । ଏବେ ତାହାଲେ ଆସୁଛି ।

ଶ୍ୱେତା ତମେ ଟିକିଏ ମୋତେ ସାହାୟ୍ୟ କରିପାରିବ ?

କି ସାହାୟ୍ୟ ?

ରିଙ୍ଗ ସେରମୋନି ପାଇଁ ମୋତେ ତନୟାଙ୍କ ପାଇଁ ଗୋଟେ ରିଙ୍ଗ ଆଣିବାର ଅଛି, ତମେ ଯଦି ଟିକିଏ ବାଛିଦିଅନ୍ତ ଭଲ ହୁଆନ୍ତା ।

ଓକେ ! ଲେଟ୍ସ ଗୋ ।

ତେବେ ମୁଁ କାର ବୁକ କରିଦେଉଛି । ସେଥିରେ ଚାଲିଯିବା ।

ଏ ଶ୍ୱେତା ତମେ କୁଆଡେ ଆସିଛ ? ତନୟା ତମ ସହ ଆସିନାହାନ୍ତି କି ?

ନା ଆସିନି । ମୁଁ ଆସିଥିଲି କିଛି ଜିନିଷ ଦରକାର ଥିଲା ତ ।

ଏଇ ଦେଖ ଶ୍ୱେତା , ମୋ ଦୋକାନ । ବହୁ ପରିଶ୍ରମ ପରେ ଏ ଦୋକାନଟି ମୁଁ କରିପାରିଛି । ଆଉ କେବଳ ଦୁଇ, ତିନି ଦିନର କାମ ଅଛି ତାପରେ ଏ ସାମ୍ରାଜ୍ୟର ରାଜା ମୁଁ । ଆଉ ହଁ ଏହାର ପ୍ରଥମ ପୂଜନ ଦିନ ତୁମକୁ ଆଉ ତନୟାକୁ ଆସିବାକୁ ପଡିବ ।

ଆରେ ଶ୍ୱେତା ତମେ ଏଠି । ମୁଁ ତୁମକୁ ଖୋଜି ଖୋଜି ନ୍ୟାନ୍ତ ହୋଇଗଲାଣି । କିଣାକିଣି ସରିଗଲା ଚଲ ଏବେ ଯିବା ।

ଭାଇ ଡେରି ହୋଇଗଲାଣି, ମୁଁ ଆସୁଛି ।

ତା ପରଦିନ ଗାଁ ପାଖ ମନ୍ଦିରରେ ମୁଦି ପିନ୍ଧାର ଆୟୋଜନ କରଯାଇଥିଲା । ବିଶେଷ ବଡ ଧରଣର ଆୟୋଜନ ହୋଇନଥିଲା । ଏକ ଛୋଟ ମୋଟ ଆୟୋଜନ ହୋଇଥିଲା । ଫ୍ରେଡ ଆଖିରେ କେବଳ ଖୁସି ହିଁ ଖୁସି, ହେଲେ ତନୟା ଆଖିରେ କେବଳ କଷ୍ଟ କ'ଣ ହେବାକୁ ଯାଉଛି ତା ସହ । ଆମେରିକାରେ ଯିଏ ଭଗବାନଙ୍କୁ ଏ ମନଟା ମଧ ସମର୍ପଣ କରିପାରିବନି । ଯାହା କେବଳ ଅନ୍ୟାୟ । ଯଥାବିଧ୍ ପୂଜା ପାଠ ସାରିବା ପରେ ମୁଦିପିନ୍ଧା ପର୍ବ ହୋଇଥିଲା ।

ବାବା, ଏ ମୁଦିଟା ନିଆ। ତନୟା ହାତରେ ପିନ୍ଧାଇଦିଅ । (ଫ୍ରେଡ ତନୟା ଆଙ୍ଗୁଠିରେ ମୁଦି ପିନ୍ଧାଇ ଦେଇଥିଲେ)

ମା, ଏ ମୁଦିଟା ନେ, ଡ୍ୱାଇଁକୁ ପିନ୍ଧାଇ ଦେ , କାଦମ୍ବିନୀ କହିଲା ।

ହେଲେ ତନୟା ହାତ ଅଟକି ଯାଇଥିଲା । ଆଗକୁ ବଢ଼ିବାକୁ ସାହସ କରୁନଥାଏ । ଏତେବେଲେ ସେ ଭୋ ଭୋ ହୋଇ କାନ୍ଦିବାକୁ ଲାଗିଲା ।

ଆରେ, ମା ତୋର କ'ଣ ହୋଇଛି ? କାନ୍ଦୁଛୁ କାହିଁକି ? ବେଣୁଧର ପଚାରିଥିଲେ ।

ମୁଁ କହୁଛି ଅଙ୍କଲ ତାର କ'ଣ ହୋଇଛି ? ତନୟା ତମେ ମୋତେ ଏତେ ପର କରିଦେଲା ଯେ, ତମ ମନର କଥା ଥରଟେ ମୋତେ କହିପାରିଲାଣି । ତମକୁ କ'ଣ ଲାଗିଲା ତମ ସ୍ୱପ୍ନକୁ ଜାଲିଦେଇ ମୁଁ ଖୁସି ସାଉତି ପାରିବି । ତମରି ସ୍ୱପ୍ନ ପାଇଁ ତମ ଖୁସି ପାଇଁ ଏ ପ୍ରସ୍ତାବରେ ରାଜି ହୋଇଥିଲି, ହେଲେ ତମ ସେପ୍ନ ତମ ଖୁସି ଆଉ କେଉଁଠି ଜାଣିନଥିଲି ।

ତମେ ଏ ସବୁ କ'ଣ କହିଯାଉଛ ବାବା !

ଏଚଏନ ଅଙ୍କଲ, ମୁଁ ଆପଣଙ୍କୁ କହିଥିଲି ନା ଠାରେ ତନୟାର ମତାମତ ପଚାରିନିଅନ୍ତୁ । ସେ ମୋତେ ନୁହେଁ ଆରୁନଙ୍କୁ ଚାହାନ୍ତି ।

ସ ପିଲାର ନାଁ ମୋ ଆଗରେ ନିଆ ନାହିଁ ।

ମୋତେ କ୍ଷମା କରିଦେବ ଅଙ୍କଲ । ତନୟାଙ୍କ ଆଖିରେ ଲୁହ ଭରିଦେଇ ମୁଁ ନିଜ ସ୍ୱପ୍ନର ରାଇଜ ସଜାଇପାରିବିନି ।

ଫ୍ରେଡ !

ହଁ ସେଦିନ ବଜାରକୁ ଯିବା ବାଟରେ ମୋତେ ଶ୍ୱେତା ସବୁକିଛି କହିଥିଲେ । ହେଲେ ତୁମକୁ ଗୋଟେ ଅନୁରୋଧ କରୁଛି । ଏ ମୁଦିଟା ଆଙ୍ଗୁଠିରୁ କେବେ ଖୋଲିବାନି । ଆମ ବନ୍ଧୁତାର ମର୍ଯ୍ୟାଦା ରଖିବା ନିମନ୍ତେ ଏହାକୁ ଏମିତି ସାଇତି ରଖିଥିବି ।

ମୋତେ କ୍ଷମା କରିଦିଅ ଫ୍ରେଡ ପାଦ ତଳେ ପଡିଯାଇ କହିଥିଲା ତନୟା, ତମେ ମଣିଷ ନୁହେଁ ଦେବତା ।

ମୁଁ ତୁମକୁ ପ୍ରଥମରୁ କହିଥିଲି ନା ଭଗବାନଙ୍କୁ ଆମେ ମାନୁନା, କେବଳ କର୍ମକୁ ଜାଣୁ, ହେଲେ ଆଜି ମାନୁଛି ଭାଗ୍ୟ ଆଉ ଭଗବାନ ଅଛନ୍ତି ।

ଏ ବେଣ୍ଡୁଧର ଗରିବ ହୋଇପାରେ, ହେଲେ ଏ ଗାଁରେ ତାର ସମ୍ମାନ ଥିଲା । କେହି ଲୋକ କରନ୍ତିନି ମୋତେ ଆଖି ଉଠାଇ କଥା କହିବାକୁ । ଗାଁର ସାରା ଗୋଟାଏ ଗର୍ବ ଥିଲା ମୋ ଝିଅ ତନୟା, ବିଦେଶରେ ରହି ପାଠ ପଢ଼ି ଆସିଛି । ହେଲେ ବିଦେଶ ଯାଇ ତା ସଂସ୍କାର ସବୁ ଭୁଲିଯାଇଛି ବୋଲି ମୁଁ ଜାଣିନଥିଲି । ସେ ପିଲାଟା ପାଇଁ ତୁ ତୋ ବାପାର ସ୍ନେହକୁ ଆଡ଼େଇ ଦେଇଛୁ ତୁ ଯେମିତି ଭୋଗିବୁ, ଆଉ କେହି ଭୋଗିବେନି ।

ତନୟା କାଦମ୍ବିନୀକୁ ଧରି ଭୋ ଭୋ ହୋଇ କାନ୍ଦିବାକୁ ଲାଗିଲା ।

ତୁ କାନ୍ଦେନା, ବାବୁ ଏବେ ରାଗରେ ଅଛନ୍ତି । ଥଣ୍ଡା ହେଲେ ଆପେ ଆପେ ବୁଝିଯିବେ ।

ଶ୍ୱେତା ଓ ଫ୍ରେଡ ଦୁହେଁ ଏକା ସାଙ୍ଗରେ ନିଜ ଜିନିଷ

ପାତ୍ର ଧରି ଘରୁ ବାହାରିଆସିଥିଲେ ।

ଏଥର ଆମେ ଆସୁଛୁ ତନୟା ।

ଏତେ ଶୀଘ୍ର ଚାଲିଯିବ ।

ବହୁଦିନ ହେଲା ଛୁଟି ନେଇ ଆସିଲିଣି । ଅଫିସ କଥା ପୁଣି ଯାଇ ଶୀଘ୍ର ଜଏନ କରିବାକୁ ପଡିବ ।

ଦୁହେଁ ନିଦୟ ମାଗି ଯାଇଥିଲେ ।

ଶୁଣ୍ ମାନ ତୁ ଯାଇ ଆରୁନ କହ ଶୀଘ୍ର ଆସି ବାବୁଙ୍କୁ ବୁଝେଇନେଉ ।

ହଁ ମାଉସୀ ।

କାଲୀ ହେଉଛି ଦୋକାନ ପ୍ରତିଷ୍ଠା । ପ୍ରଥମେ ଯାଇ ବାପାଙ୍କୁ ନେଇ ଆସିବି । ତା ପରେ ଯାଇ ଏ ଖୁସି ଖବରଟା ତନୟାକୁ ଦେଇ ଆସିବି । ଏତେ ଦିନ ପରେ ବାପାଙ୍କ ପାଖକୁ ଯିବି ମାନେ ତାଙ୍କ ମନ ପସନ୍ଦର ଏ ମିଠା ନେଇ କି ଯିବି ।

ଆରୁନ ଯାଇ ଯେତେବେଲେ ଘରେ ପାଖ ଗେଟ ଠାରେ ପାଦ ଦେଇଛି । ସମସ୍ତ ଚାକର ଚାକରାଣୀ ମାନେ ଦେଖି ଖୁସି ହୋଇଯାଇଥିଲେ ହେଲେ କିଛି ସମୟ ପରେ ପୁଣି ସେମାନେ ମୁହଁ ଶୁଖାଇ ଦେଇଥିଲେ । ଏମିତି କାହିଁକି ହେଲା । ଭିତରକୁ ଗଲେ ଜଣାପଡିବ ବୋଲି କହି ଭିତରକୁ ଆସିଥିଲା । ଆଉ କୁଆଡେ ନ ଚାହିଁ ସିଧା ଚାଲିଯାଇଥିଲେ । ଉପରମହଲା ତା ବାପାଙ୍କ ପାଖକୁ । ସେଠି ପହଞ୍ଚି ଦେଖିଲା ନାର୍ସ ମାନେ କିଛି ଭିତରକୁ ବାହାରକୁ ହେଉଛନ୍ତି । ସେ ଯେତେବେଲେ ଯାଇ ସେ

ରୁମ ପାଖରେ ପହଞ୍ଚିଲେ, ଦେଖିଲେ ତ ବାପା ବେଡ଼ରେ ପଡ଼ିରହିଛନ୍ତି, ଅନେକ ଡାକ୍ତରୀ ଯନ୍ତ୍ରପାତି ତାଙ୍କ ଦେହରେ ଖଞ୍ଜା ହୋଇଛି । ଯାହା ତାକୁ ସଂପୂର୍ଣ୍ଣ ରୂପେ ସ୍ତବ୍ଧ କରିଦେଇଥିଲା ସେ ବାପାଙ୍କ ପାଦ ତଳେ ପଡ଼ିଯାଇଥିଲା ।

ବାପା ତମର ଏ କ'ଣ ହୋଇଗଲା ? ମୋତେ ଏତେ ପର କରିଦେଲ ଯେ ଟିକିଏ ଖବର ଦେଇ ପାରିଲାଣି । ମୁ ପୁଅ ଜନ୍ମ ଧିକାର ।

ତା ବାପା ସମସ୍ତ ମେଡିକାଲ ଷ୍ଟପକୁ ବାହାରକୁ ଯିବାକୁ ଇଙ୍ଗିତ କରିଥିଲେ ।

ଆରୁନଙ୍କୁ କୋଳକୁ ଟାଣିଆଣି କହିଲେ ବାବା ତୁ ଆସିଛୁ । ତୁ ଆସିବୁ ବୋଲି ମୁଁ ଆଶା ଛାଡ଼ି ଦେଇଥିଲି । ରାଗିକରି ଏକ ମୁହଁ ହୋଇ ଯାଇଛୁ ଯେ ଯାଇଛୁ । ଥରଟେ ଏ ବାପା ମୁହଁକୁ ଚାହିଁ ପାରିଲୁଣି ।

ମୋର ଭୁଲ ହୋଇଯାଇଛୁ ବାପା । ମୋତେ କ୍ଷମା କରିଦିଅ । ହେଲେ ବାପା ତମର ଏମିତି ଅବସ୍ଥା କେମିତି ହେଲା ।

ତୋ ମା .... ମୋର ଏ ଅବସ୍ଥା ପାଇଁ ତୋ ମା ହିନ ଦାୟୀ । ତୁ ଯିବା ପରେ ଧୀରେ ଧୀରେ ତୋ ମାର ଅକଥନୀୟ ଅତ୍ୟାଚାର ମୁଁ ଆଉ ସହିପାରିଲିନି । ତାପରେ ହୃଦ୍‌ଘାତରେ ଶିକାର ହୋଇ ମୁଁ ଏ ବେଡ଼ରେ ।

ବହୁତ ହୋଇଗଲା ବାପା । ମୁଁ ତୁମକୁ ଏଠାରୁ

ନେଇଯିବାକୁ ଆସିଛି । ମୁଁ ନିଜେ ଏକ ଦୋକାନ କରିଛି ବାପା । ତାର ଉଦ୍‌ଘାଟନ ପାଇଁ ତୁମକୁ ନେବାକୁ ଆସିଛି ।

ବାବାରେ ମୋର ଗୋଟେ କଥା ରଖ୍‌ବୁ ।
ନିଶ୍ଚୟ ବାପା, ତମ ଆଦେଶ ମହାପ୍ରଭୁଙ୍କ ଆଦେଶ ସହ ସମାନ ।

ତୁ ବାପା ଘରକୁ ଫେରିଆ । ମୋର ଏ ସମ୍ପତ୍ତି ବାଡି ସବୁ ନଷ୍ଟ ହେବାରୁ ବଞ୍ଚେଇ ଦେ, ନହେଲେ ତୋ ମା ସବୁକିଛି ଧ୍ୱଂସ କରିଦେବ । ସେ ଯାହା ବି ତୋତେ କହୁଛି ତା ସର୍ତକୁ ସ୍ୱୀକାର କରିନେ ।

ହେଲେ ବାପା ମୁଁ ତନୟାକୁ ଭଲପାଏ । ତା ପାଇଁ ତ ଏ ବ୍ୟବସାୟର ନୂଆ ଆରମ୍ଭ କରିଛି । ମୁଁ ନିଷ୍ପତ୍ତି ମଧ ନେଇସାରିଛି ତମେ ମୋ ସହ ଯାଇ ତାଙ୍କ ଘରେ ମୋ ପାଇଁ ତା ବାପାଙ୍କୁ ତା ହାତ ମାଗିବା ।

ତୋତେ କ୍ଷମା କରିଦେ ବାପା । ତୋତେ ମୁଁ ଅନୁରୋଧ କରୁଛି ମୋ ପରିଶ୍ରମର ସମ୍ପତ୍ତିକୁ ନଷ୍ଟ ହେବାରୁ ରକ୍ଷା କର ।

ସାଙ୍ଗେ ସାଙ୍ଗେ ପୁଣି ଠାରେ ସେ ତଳେ ପଡି ବେହୋସ ହୋଇ ଯାଇଥିଲେ ।

ଆରୁନ ଡକ୍ଟର...........ଡକ୍ଟର ....କହି ଚିଲାଇଥିଲା ।

ମୁଁ ଆପଣଙ୍କୁ ବାରମ୍ବାର କହୁଛି ତାଙ୍କୁ କୌଣସି ପ୍ରକାରର ମାନସିକ ଆଘାତ ଦିଅନ୍ତୁନି । ଏମିତି ହେଲେ ତାଙ୍କ

ଜୀବନ ବଞ୍ଚେଇବା ଆମ ପକ୍ଷରେ କଷ୍ଟକର ହୋଇପଡିବ ।

ଓକେ ଡକ୍ତର !

ଇଏ କେମିତିକା ପରୀକ୍ଷା ଭଗବାନ । ଗୋଟେ ପଟେ ମୋ ଭଲ ପାଇବା , ଆଉ ଗୋଟେ ପଟେ ମୋ ବାପା । ଯିଏ ମୋ ପାଇଁ ଏତେ ବର୍ଷ ଧରି ଅପେକ୍ଷା କରିଛନ୍ତି , ଆଉ ଜଣେ ମୋ ଭଗବାନ ଯିଏ ମୋର ଜନ୍ମ ଦେଇଛନ୍ତି । ଆଜି ଯାଏଁ ବାପା ମୋତେ କେବେ କିଛି ମାଗିନାହାନ୍ତି ବରଂ ମୋ ପାଇଁ ସବୁ କିଛି କରିଆସିଛନ୍ତି । ଡକ୍ତର ବି କହିଛନ୍ତି ତାଙ୍କୁ ଆଉ ମାନସିକ ଆଘାତ ଦେବା ଠିକ ନୁହେଁ । ବରଂ ମୁଁ ମୋ ଭଲପାଇବାର ଆହୁତି ଦେଇଦେବି ହେଲେ ବାପାଙ୍କ ଜୀବନକୁ ବାଜିରେ ଲଗେଇ ପାରିବିନି ।

ମୁଁ ଭିତରକୁ ଆସିପାରେ କି ? ଯେତେବେଳେ ଆରୁନ ବାଟ ଖୋଲି ଭିତରକୁ ପଶିଲା ଦେଖିଲା ତା ମା ଟୌକିରେ ଗୋଡ ଉପରେ ଗୋଡ ପକେଇ ବସିଛନ୍ତି । ମୁଁ ଜାଣିଥିଲି ତୁ ନିଶ୍ଚୟ ଦିନେ ନା ଦିନେ ମୋ ପାଖକୁ ଆସିବୁ ।

ତମେ ଏମିତି କାହିଁକି କରୁଛ ମା ? ଦୟାକରି ମୋ ପାଇଁ ବାପାଙ୍କୁ କଷ୍ଟ ଦିଅନି । ତମ ଆଗରେ ହାତ ଯୋଡୁଛି ବାପାଙ୍କ ଜୀବନ ପାଇଁ ।

ତେବେ ତୋତେ ମୋର ଗୋଟେ ସର୍ତ ରଖିବାକୁ ପଡିବ ।

ମୁଁ ତମ ସାନ୍ତୁ ସର୍ତରେ ରାଜି ।

ମୁଁ ପସନ୍ଦ କରିଥିବା ଝିଅକୁ ତୁ ବାହା ହେବୁ । ତୋତେ ସେ ତନୟାକୁ ଭୁଲିବାକୁ ପଡିବ । ଆଉ ହଁ ତା ଆଗରେ ତୋତେ ଏ ସବୁ ଘଟନା ଉହ୍ୟ ରଖିବାକୁ ପଡିବ ।

ମୁଁ ରାଜି ମା, ତମ ସବୁ କଥାରେ ରାଜି । ଆଣ୍ଠେଇ ପଡି ଭୋ ଭୋ ହୋଇ କାନ୍ଦିଥିଲା ଆରୁନ ।

(୧୦)

ତନୟା ସେ ଗାଁ ପାଖ ମନ୍ଦିରରେ ଆରୁନକୁ ଅପେକ୍ଷା କରିଥାଏ । ଓହୋ ! ଏ ଆରୁନଙ୍କର ସମୟ ଜ୍ଞାନ କିଛି ନାହିଁ, ସେତେବେଲୁ ଆସି ମୁଁ ଅପେକ୍ଷାକରିଛି ହେଲେ ଏ ଯାଏଁ ତାଙ୍କର ଦେଖା ନାହିଁ । ଶ୍ୱେତା ତ କହୁଥିଲା ତାଙ୍କ ଦୋକାନର ପ୍ରତିଷ୍ଠା ଅଛି, ତାର ଖବର ଦେବାକୁ ହୁଏତ ମୋତେ ଡକେଇ ପଠେଇଛନ୍ତି । ଏହି ସମୟରେ ତନୟା ଫୋନ ବାଜିବାକୁ ଲାଗିଲା ....

ହ୍ୟାଲୋ । ତନୟା ମୁଁ ଶ୍ୱେତା କହୁଛି ।

ଶ୍ୱେତା କେମିତି ଅଛୁ ।

ଭଲ ଅଛି । ସେ କଥା ଛାଡେ ତୁ ଯେଉଁ କମ୍ପାନୀ ପାଇଁ ଆବେଦନ କରିଥିଲୁ , ସେଥିରେ ତୋର ସିଲେକ୍ସନ ହୋଇଯାଇଛି ।

ସତରେ !

ତୁ ସେଥିରେ ଜଏନ କରିବୁ ନା ନାହିଁ, କହ ?

ଦୂରରୁ ଆରୁନ ଆସୁଥିବାର ଦେଖି ତନୟା ଶ୍ୱେତାକୁ ପରେ

ଫୋନ କରି ଜଣାଇବି କହି ରଖିଦେଇଥିଲା ।
ଆରୁନ କହି ଦୌଡିଯାଇଥିଲା ତନୟା ଆଉ କୁଣ୍ଢେଇ ଧରି ପକାଇଥିଲା । ହେଲେ ଆରୁନ ତାକୁ ନିଜ ପାଖରୁ ଦୂରକୁ ଠେଲିଦେଇଥିଲା ।

କ'ଣ ହୋଇଛି ତମର ?

ସେ କିଛି ନୁହେଁ ।

ମୋର ଗୋଟେ କଥା କହିବାର ଅଛି ।

ମୋର ବି ।

ଆଗ ମୁଁ ।

ତେବେ କୁହ ।

ସେଦିନ ଗୁଡିକରେ ଘଟିଥିବା ସମସ୍ତ ଘଟନା ତନୟା, ଆରୁନ ଆଗରେ କହିଥିଲା । ତୁମକୁ ଶୀଘ୍ର ଯାଇ ବାପାଙ୍କୁ ରାଜି କରେଇବାକୁ ପଡିବ । ଏଇଠି ସିନା ଫ୍ରେଡ ଓ ଶ୍ୱେତା ଥିଲେ ବୋଲି ବଞ୍ଚେଇ ଦେଲେ, ହେଲେ ସବୁ ଯାଗାରେ ଫ୍ରେଡ ଭଲି ପିଲା ନଥିବେ ।

ତମେ ଭୁଲ କଲ ତନୟା, ତୁ ତୋ ବାପାଙ୍କ କଥାରେ ରାଜି ହେବାର ଥିଲା ଏବଂ ଫ୍ରେଡକୁ ବାହା ହୋଇ ଯାଇଥାନ୍ତ ।

ତମେ ଏ କ'ଣ କହୁଛ ଆରୁନ ?

ହଁ, ମୁଁ ତୋତେ ଏହା ହିଁ କହିବାକୁ ଆସିଛି, ମୁଁ ତୋତେ ବିବାହ କରିପାରିବିନି ।

ହେଲେ କାହିଁକି ?

ମୋ ମାଆ ଯେଉଁ ଝିଅକୁ ମୋ ପାଇଁ ଠିକ କରିଛନ୍ତି ମୁଁ

ତାକୁ ହିଁ ବାହା ହେବି ।

ତମେ ସବୁ କଥା ଜାଣିବା ପରେ ବି ତମ ମାଙ୍କ କଥାରେ ରାଜିହେଇଛ ?

ହଁ, ଯେତେ ଯାହା କଲେ ବି ସେ ମୋ ମାଆ ।

ଆଉ ମୋ ଭଲପାଇବା, ଅପେକ୍ଷାର କ'ଣ କିଛି ମୂଲ୍ୟ ନାହିଁ ?

ନା.........

ମୁଁ ଜାଣେ ତୁମକୁ ଏଥିପାଇଁ ବାଧ କରାଯାଇଛି ? କ'ଣ ହୋଇଛି ସତ ସତ କୁହ । ଆମେ ଦୁହେଁ ମିଛି ତାର ପ୍ରତିକାର କରିବା ।

ସେମିତି କିଛି ନୁହେଁ, ମୁଁ ସୁସ୍ଥ ମନରେ ମୋ ମାଆ ଠିକ କରିଥିବା ଝିଅକୁ ବାହା ହେବାକୁ ଚାହେଁ ।

ତାହେଲେ ମୁଁ ଭାବିନେବି ତମ ପ୍ରେମ ଧୋକା ଥିଲା । ମୋ ସହ ତମେ କେବଳ ଛଳନା କରୁଥିଲ ।

ତୁ ଯାହା ଭାବିପାରୁ ଏହା ହିଁ କହିବାର ଥିଲା ଏବେ ମୁଁ ଆସୁଛି ।

ଯିବ ଯଦି ଯାଆ, ମନେରଖ ଏ ତନୟା ତମ ପାଇଁ ଝୁରି ଝୁରି ମରିବନି ।

ସେ ଶ୍ୱେତା ପାଖକୁ ଫୋନ ଲଗେଇ କହିଥିଲା ମୁଁ ତୋ ପାଖକୁ ବାଙ୍ଗାଲୋର ଆସୁଛି, ସେ କମ୍ପାନୀରେ ଜଏନ ମଧ କରିବି ।

ତନୟା ଲୁହରେ ଆଖି ଛଳଛଳ କରି ଘରକୁ ଫେରିଥିଲା ।

କ'ଣ ହୋଇଛି ମା ? ଆରୁନ କ'ଣ କହିଲା ?
ସେ ମୋତେ ବାହାହେବାନି ବୋଲି ।
ହେଲେ କାହିଁକି ?
ସେ ତାଙ୍କ ମାଆ ବାଚିଠିବା ଝିଅକୁ ସେ ବାହା ହେବେ
ବୋଲି ନିଷ୍ପତ୍ତି ନେଇଛନ୍ତି ।
ସବୁ କଥା ଜାଣିବା ପରେ ସେ ତାଙ୍କ ମାଙ୍କ କଥାରେ
ରାଜି ହେଉଛନ୍ତି । ହଁ ମାଉସୀ ।
ମୁଁ ତୋତେ କହିଥିଲି ନା, ତୁ ଦିନେ ପସତେଇବୁ ବୋଲି
।

ମୋର ଭୁଲ ହୋଇଯାଇଛି ବାପା । ମୋତେ କ୍ଷମା
କରିଦିଅ । ତମ କଥା ଶ ମାନି ମୁଁ ବହୁତ ବଡ ଭୁଲ
କରିଦେଇଛି ।

ଯାହା ହୋଇଗଲା ହୋଇଗଲା । ଏବେ କ'ଣ କରିବୁ
କଥ ?
ମୁଁ ବାଙ୍ଗାଲୋରର ଏକ କମ୍ପାନୀରେ ଚାକିରି ନିମନ୍ତେ
ଆବେଦନ କରିଥିଲି । ଶ୍ୱେତା ଏବେ ଫୋନ କରିଥିଲା
ସେଥିରେ ମୋର ସେଲେକ୍ସନ ହୋଇଯାଇଛି । ମୁଁ ଭାବୁଛି
ସେଇଠି ଯାଇ ଏଏନ କରିବି ।

ତୋତେ ଯେମିତି ଠିକ ଲାଗୁଛି ତୁ ସେମିତି କର । କିନ୍ତୁ
ମାନେ ରଖ୍ଥିବୁ ଏ ଭୁଲର ଯେମିତି ପୁନରାବୃତ୍ତି ନ ହୁଏ
।

ସେହିଦିନ ପରେ ତନୟା ବାହାରିକଇଥିଲା ଚାକିରି
ଅଭିମୁଖେ ।

ଦୀର୍ଘ ଦୁଇ ବର୍ଷ ପରେ ....

ଶ୍ୱେତା, ମୁଁ ଆଜି ଛୁଟି ନେଇ ଘରକୁ ଯାଉଛି ।

ତୋର ଛୁଟି ମଞ୍ଜୁର ହୋଇଗଲା କି /

ହଁ ....

ତେବେ ଶୀଘ୍ର ଯାଇ ଫେରିଆସିବୁ, ତୋ ବିନା ଏଠି ଏକା ଏକା ଭଲ ଲାଗିବାନି ।

ଗାଁରେ ଥିବା ମୋ ସହ ସାଙ୍ଗ ହେଉଥିବା ମଞ୍ଜୁର ବାହାଘର ଅଛି, ବହୁତ କରି ଡାକିଛି । ଯାହା ହେଲେ ଯିବାକୁ ପଡ଼ିବ । ତା ବାହାନାରେ ଘରେ କିଛି ଦିନ ରହି ଆସିବ ।

କେତେବେଳେ ଫ୍ଲାଇଟ ଅଛି ?

ସନ୍ଧ୍ୟା ପାଞ୍ଚଟାରେ ।

ଓକେ ।

ବିମାନ ଯୋଗେ ତନୟା ଫେରିଥିଲା ତା ଗାଁ ମାଟିକୁ , ହେଲେ ଆଜି କାହିଁକି ଏ ଗାଁ ମାଟିର ପବନ ତା ତାକୁ ଅଣନିଃଶ୍ୱାସୀ କରିପକେଇଛି । ଆଜୀବ୍ୟ ସେ ଆଦେଖା ଯାଗାର ଚିହ୍ନଟା ଟା ମାନତଳୁ ଲିଭି ନାହିଁ । ପ୍ରତିଥର ସେ ଚିହ୍ନଟା କାହିଁକି କେଜାଣି ଆହୁରି ପରିଷ୍କାର ହୋଇଯାଉଛି । ତନୟାକୁ ଏତେଦିନ ପରେ ଦେଖି ସମସ୍ତେ ଖୁସି ।

ମାଉସୀ, ଆଜି ମୁଁ ଘରେ ଖାଇବିନି, ମଞ୍ଜୁର ବାହାଘର ଅଛି ତେଣୁ ମୋତେ ଯିବାର ଅଛି ।

ତେବେ ଦେଖି କି ଯିବୁ ।

ମାଉସୀ, ମୁଁ କ'ଣ ଆଉ ଛୋଟ ଛୁଆ ହୋଇକି ଅଛି ?
ବିଦେଶରେ ଯାଇ ଚାକିରି କରୁଛି ।

ତ କ'ଣ ହୋଇଗଲା ? ମା ଆଗରେ ଛୁଆ ସବୁବେଳେ
ଛୋଟ ।

ହାଉଲୋ ମୋ ମାଉସୀ ।

ବାହାଘର ଚାଲିଥାଏ । ବାହାଘର ଦେଖ୍ବାକୁ ବେଦୀ
ପାଖରେ ଚୌକିର ବ୍ୟବସ୍ଥା କରାଯାଇଥାଏ । ସମସ୍ତେ
ତାର ଭରପୂର ଉପଭୋଗ କରିପାରିବେ । ତନୟା ମଧ
ବସି ତାର ଆନନ୍ଦ ଉଠାଉଥାଏ, ହଠାତ ତାର ନଜର ତା
ପାଖରେ ପଡ଼ିଥିବା ଏକ ଚୌକିରେ ଅଟକିଜାଇଥିଲା ।
ସେଠି ଆଉ କେହି ନୁହେଁ ବରଂ ଆରୁନ ବସିଥିଲା ।
ତନୟା ସେଠୁ ଉଠି ଚାଲିଯାଉଥିବା ବେଳେ ଆରୁନ ପଛରୁ
ଡ଼ାକିଥିଲା ।

ତନୟା କେମିତି ଅଛୁ ?

ଭଲ ଅଛି ।

ଆଉ ତମେ କେମିତି ଅଛ ?

ଭଲ ଅଛି ।

କିଛି ସମୟର ନିରବତା ପରେ ତନୟା ପଚାରିଥିଲା
କେମିତି ଚାଲିଛି ତମ ବାହାଘର ଜୀବନ ? ତମ ସ୍ତ୍ରୀ
କେମିତି ?

ହୋ ହୋ ହୋଇ ହସିଥିଲା ଆରୁନ । ସେ ସେଦିନ
ବାହାଘର ମଣ୍ଡପରୁ ତା ପ୍ରେମିକ ସହ ଚାଲିଯାଇଥିଲା ।
ଏବେ ତମର କ'ଣ ଚାଲିଛି ।

ସେମିତି କିଛି ବିଶେଷ ନାହିଁ, କମ୍ପାନୀରେ ପ୍ରମୋସନ
ପାଇଁ ଚେଷ୍ଟା କରୁଛି ।
ଏବେ ତାହାଲେ ମୁଁ ଆସୁଛି, ମୋର ବିଳମ୍ବ ହୋଇଯାଉଛି
।
ତନୟା ସେଠୁ ଉଠି ଚାଲିଗଲା ପରେ ମନେ ମନେ
କହିଥିଲା ଆରୁନ ମୁଁ ଏବେବି ତୁମ ଅପେକ୍ଷାରେ
. . . .
ତବୟାକୁ ଚାଲିଯିବାର ଦେଖି ଆରୁନ ମନେ ମନେ
କହିଥିଲା ତନୟ ମୁଁ ଏବେ ବି ତୁମ ଅପେକ୍ଷାରେ
. . . .